女騎士・ティエラ
魔王・結城颯馬（ゆうきそうま）
ハイドラ

ぐっ。
「ひゃんっ⁉」
いきなり腰に刺激が走り、
フレイヤはびくんっと背中を
弓なりに反らした。
《第二幕　女騎士とオークの因縁》

魔王さまと行く！
ワンランク上の異世界ツアー!!

猫又ぬこ

HJ文庫
671

口絵・本文イラスト　U35

目次

《序幕　魔王の策略》

魔王城の執務室にて、結城颯馬は手紙とにらめっこしていた。

この世界では珍しい黒い髪に黒い瞳を持つ、穏やかそうな顔立ちをした少年だ。

先ほど颯馬は、とある人物に宛てて手紙を書いた。いまは文面に失礼なところがないか、入念にチェックをしているところだ。

「――颯馬よ、わしに用ってなんじゃ？」

うつむきがちに手紙を読んでいた颯馬は、ふいに聞こえてきた声に顔を上げる。――と、ドアのところに幼女が立っていた。

燃えるような赤髪が目を引く、漆黒のドレスを纏った女の子だ。

あどけない顔立ちをしているものの、鋭く尖った二本のツノと真紅の翼を目にすれば、普通の人間なら一目散に逃げだすだろう。

なぜなら彼女は人類が怖れる魔族――そのなかでも最強種と謳われる紅竜なのだから。

「ちょっとハイドラに読んでほしいものがあってね」

そんな紅竜――ハイドラに、颯馬はのんびりとした口調で話しかけた。

「わしに読んでほしいもの？」

ハイドラは興味津々といった様子で颯馬のもとへ歩み寄る。

「うん。手紙を書いてみたんだけど……ぼくはあまりまじめに勉強してこなかったから、こういうかしこまった文章を書くのが苦手でね。失礼なところがないか、ハイドラに確認してほしいんだ」

「それくらいならお安い御用じゃが……おぬしの立場なら、たとえ罵詈雑言を綴ろうと、失礼にはならぬと思うぞ？」


なにせ颯馬は魔王なのじゃからな、とハイドラはどこか誇らしげに言った。


さかのぼること一〇〇年前――。

結城颯馬は登山中に異世界アーガルドへと召喚された。

大の旅行好きだった颯馬は見知らぬ世界に飛ばされて怯えるどころか、たとえ世界一の大富豪だったとしても訪れることのできない異世界へ来ることができたことを喜んだが、召喚主が魔王とわかり、さすがにうろたえた。

だが颯馬のイメージとは違い、魔王は心優しい人物だった。

もちろん王である以上、民に対しては厳かに振る舞っていたが、颯馬は特別待遇だった。

なぜなら魔王は、颯馬に魔族の将来に関わる重要な仕事をお願いしようと計画していたから。

そしてその仕事というのは、旅行好きな颯馬に打ってつけのものだった。

その後一〇〇年近い歳月をかけ、颯馬は無事に仕事を終えた。

その頃になると魔王は死んでおり、魔族の絶大な支持もあったことから、颯馬が新たな魔王になったのだった。

だからこそ仮に文面に非礼があろうと颯馬の手紙に目くじらを立てる魔族などいない。どころか『魔王様からお手紙をいただいた』と感涙し、家宝にするに違いないのだ。

もっとも。

「それは相手が魔族だったらの話だよ」

「魔族ではない？　では、いったい誰に宛てた手紙なのじゃ？」

「ミュンデさんだよ」

颯馬が受取人の名を口にした瞬間、ハイドラの顔から血の気が引いた。

「そ、そそ颯馬よ……。わしは『ミュンデ』にひとりしか心当たりがないのじゃが……。

まさか、そのミュンデというのは聖十三騎士団の団長ではなかろうな？」

「うん。そのミュンデさんだよ」

颯馬がけろっとした顔で認めると、ハイドラが泣きそうな顔で詰め寄ってきた。

「な、なななにゆえ⁉ なにゆえ聖十三騎士団なんぞに手紙を書いておるのじゃ⁉ ま、まさか宣戦布告ではあるまいな！ せっかく戦争が終わったのに、また始めるつもりではあるまいな！」

魔族と人類はアーガルドの支配権を巡り、二〇〇〇年近く争ってきた間柄だ。

アーガルドに生きる誰しもが未来永劫に続くと思っていた戦争だが、颯馬が召喚される数年前に先代魔王が人類に和睦の話を持ちかけたことで終戦した。

そんな人魔大戦を再開させようと企てれば、人類と魔族の両方から糾弾されるのは目に見えている。それを知りながら戦争の火種を作ろうとする愚者などいるわけがない。

「逆だよ。この手紙は魔族と人類の仲を深めるために書いたんだ。まあ読んでみてよ」

ハイドラは怖々とした手つきで手紙を受け取り、目を通す。

「なっ！ こ、これは……」

みるみるうちに表情をこわばらせていき、がくがくと膝を震わせる。

「りょっ、旅行の誘いじゃとぉ⁉」

　ハイドラは断末魔のような悲鳴を上げた。

　颯馬の手紙には要約すると『人類と魔族の相互理解を深めるため聖十三騎士団団長には魔王と魔王領を旅行していただきたい。ついてはご希望の日時をお聞かせください』との旨が記されていたのだ。

「おぬし正気か⁉　我ら魔族にとって聖十三騎士団は天敵なのじゃぞ⁉　それを魔王領に招待するじゃと⁉　一緒に旅行するじゃと⁉　いったいなにを考えておるのじゃ！」

　ハイドラが怯えるのも無理はなかった。

　聖十三騎士団は魔族を葬る力——聖力を宿しているのだから。

　がたがたと震えるハイドラに、颯馬は落ち着きを促すような口調で語りかける。

「ほら、人魔大戦は一〇〇年くらい前に終わったわけだよね」

「うむ」

「でもその後一〇〇年、魔族と人類は一切交流してないよね」

「じゃな」

「その原因は、人類が魔族を誤解していることにあるんだよ」

アーガルドに召喚された颯馬は、先代魔王から『異世界で培った知識と経験を活かして魔王領復興に取り組んでほしい』と頼まれた。

平和を愛する先代魔王は強大な力を持ちつつも争いを嫌っており、魔王に就任後すぐに戦争を終わらせると、魔王領の復興活動に乗り出したのだ。しかし復興方法が思いつかず、異世界人に頼ることにしたのである。

そんな経緯で召喚された颯馬は、豊富な旅行知識を活かして魔王領を観光地にした——颯馬の活躍により、戦争で荒廃していた魔王領は活気を取り戻したのだ。

そうして外面を改善させた颯馬は、同時に内面の改革にも取り組んでいた。

颯馬が召喚された頃、魔族は人類を怖れていた。だが魔族のために身を粉にして働いた颯馬が人間であったことと、新たな魔王となった颯馬が人類への偏見を払拭させるためのカリキュラムを教育現場に導入したことで、ハイドラのような戦争を体験した長寿魔族を除き、魔族の人類に対する悪印象は払拭されたのだ。

だが、人類は違う。

颯馬は魔族の能力を持ちつつも、外見は人類と変わらないため、怪しまれずに人間領を観光することができている。

　そして颯馬は旅のなかで、人類がいまだに魔族のことを『残虐無比で悪逆非道な種族』だと信じていることを知ったのだ。

「魔王領にいろんな観光地があるように、人間領にだって素敵な場所がたくさんあるんだ。魔族も、人類も、お互いのいいところを知らないまま人生を終えるのはもったいないよっ。だからミュンデさんを旅行に誘うことにしたんだ。すでに救世教会の許可は得てるから、あとは出発日時を決めるだけってわけさ」

　聖十三騎士団は救世教会に所属しており、勝手な行動は禁じられている。

　ゆえにミュンデ個人を旅行に誘ったところで断られるのは目に見えていた。

　そのため颯馬は救世教会に会談を持ちかけたのだ。

「わしの知らぬ間にそんなだいそれたことをしておったとは……なぜ教えてくれなかったのじゃ。わしらは友達じゃろ？」

「ハイドラによけいな心配はかけたくなかったからね。それに教えちゃったらハイドラはぼくを止めようとしたでしょ？」

「そりゃな。なにせ相手は救世教会じゃからな。会談を受け入れたふりをして、おぬしを葬ろうと企てておったかもしれぬ」

救世教会は戦場へと迅速に女騎士を派遣することで人々の支持を集め、諸国王にも勝る威光を手にした組織だ。実質的に人間領を統治していると言って過言ではなく、魔王領を統治する颯馬とは相反する関係にある——颯馬と救世教会は、ハイドラが不安に思うのも無理はない関係性なのである。

「提案が提案なだけに交渉は難航すると思っていたけど……一応救世教会側にも『堂々と魔王領を視察できる』ってメリットはあるからね。会談は平和的に進められたし、交渉はすんなりとまとまったんだよ」

「いまのところは順風満帆に進んでおるというわけか……にしても、おぬしは当たり前のように語っておるが、なぜ聖十三騎士団との旅行が魔族と人類の友好に繋がるのじゃ？」

「人間領で一番発言力があるのは各国の王でも救世教会でもなく、聖十三騎士団の団長なわけでしょ？」

魔法を使う魔族に対抗できるのは、魔力とは対極の力——聖力を宿す女騎士だけである。その精鋭中の精鋭たる聖十三騎士団が人々に勇者だ救世主だと持て囃されるのは当然だ。なかでも団長のミュンデは人類から神の如き扱いを受けており、人々に与える影響力は計り知れない。

「つまり、ミュンデさんが『魔族は優しい！　魔王領は安全かつ魅力的な場所だ！　次の休暇は家族そろって魔王領へ行こう！』って広めてくれれば、人類は魔族への誤解を解くって寸法さ」

「なるほどのぅ……」

不安そうにしつつも納得した様子のハイドラに、颯馬はたずねる。

「ところで、手紙に失礼なところはあった？」

「……うむ。ちゃんと書けておるぞ」

そう言って、ハイドラは颯馬に手紙を返す。

「ありがと。それじゃ、このまま送るよ」

聖力は極少数の女性しか宿していないが、魔力はすべての魔族に宿っている。そして、その魔力の質に応じて、魔族は様々な魔法を使うことができるのだ。

原則としてひとりにつきひとつの魔法しか使えないが――魔王だけは例外だ。

独自の魔法を生み出せる『創造魔法』の使い手だった魔王の祖先は、他人に魔力を譲る『継承魔法』を創り、息子に魔力を託した。息子は新たな魔法を生みだし、子に譲った。

そうして魔力は受け継がれていき、やがて圧倒的な魔力と多彩な魔法をマスターした初代魔王が誕生したのである。

つまり颯馬は歴代魔王がマスターしてきた魔法をすべて使うことができるのだ。さらに魔族の寿命は魔力の強さに比例するため、颯馬は不老不死と言って過言ではないのである。

「これでよし、と」

颯馬は物体を任意の場所へ移動させる『転送魔法』を使い、手紙をミュンデのもとへと送った。

すでに手紙はミュンデの手元に届いているはずだ。

「あとはミュンデさんの返事を待つだけだね」

聖力とは『魔力を打ち破る力』であり、魔族を倒す以外に使い道はない。魔族の多くは防御特化の保護魔法を使うため、魔族を倒せるのは女騎士しかいないと言われているのだ。

つまり、ミュンデは転送魔法が使えない。

そんなミュンデのために颯馬は手紙に魔法をかけておいた。

ミュンデが旅行の参加・不参加欄を○で囲み、参加人数を記し、出発希望日を記せば、手紙は自動的に颯馬のもとへ転送される仕組みだ。手紙にもその旨は記しておいた。

「颯馬よ。その旅行、わしも参加させてはもらえぬか?」

と、ハイドラが決意の眼差しを向けてくる。

「おぬしが強いことは重々承知しておるが、どこか抜けておるし、やはり心配なのじゃ。おぬしはわしのたったひとりの友達じゃし、魔族にとって欠かすことができぬ存在じゃ。

それを殺されてはたまらぬのでな、おぬしのそばでミュンデを監視したいのじゃ」

「大歓迎だよ。女の子が一緒のほうが、ミュンデさんも安心できるだろうからね」

「旅の連れに紅竜がいて、安心するじゃろうか？ 警戒されると思うのじゃが……」

「だいじょうぶだって。すぐに仲良くなれるよ。いやぁ、いまから旅行が楽しみだなぁ！ ぜったいに楽しめる企画を立ててたからねっ！ ミュンデさんの喜ぶ顔が目に浮かぶよ！ 早く旅行に行きたいなぁ」

不安げなハイドラとは対照的に、颯馬はうきうきとした調子で語るのだった。

◆

アーガルド大陸西部を治めるヴィオーラ王国――。

その南東部に広がる王都郊外に、赤煉瓦造りの屋敷が佇んでいる。

聖十三騎士団第一支部。

救世教会総本山たるラディウス大聖堂を本部とする、その身に聖力を宿す女騎士たけで構成された組織である。

この組織に属する女騎士は、魔族の侵攻があった際に迅速に戦地へと赴くことで人類の平穏を守り続けてきた。

　なかでも第一支部の支部長は代々聖十三騎士団第一席——団長たる女騎士が務めていることから、この屋敷は平和の象徴として民たちに崇められている。

　そんな神聖たる屋敷の執務室に、ミュンデは佇んでいた。

　はっとするほど色鮮やかな金髪に、研ぎ澄まされた刃のように澄んだ瞳。整ってはいるものの幼さの残る顔は凛と引き締められ、戦地へ赴く予定などないというのにガチガチに鎧を着こんでいる。

　聖十三騎士団団長たるミュンデは考え事をするように難しい顔をして、がちゃがちゃと音を立てながら室内を右往左往していた。

　実際、ミュンデは思案に耽っている。


　題目は、魔王から届いた手紙について、だ。


「これ、罠ではありませんの？」

「ったく、魔王の奴はこんな見え透いた手にあたしらが引っかかるとでも思ってんのか？　馬鹿にしやがって！」

会合の報せを受け、第五支部、第十二支部から遙々駆けつけてくれた仲間たちが各々の見解を口にする。

ミュンデはそこで足を止め、ふたりの仲間に納得顔を向けた。

「やはりふたりもそう思うか。私も、これはぜったいに罠だなと思っていたのだ。なにせ怪しさが爆発しているのでな」

そう判断しつつも、ミュンデは魔王の手紙を破り捨てたりはしなかった。

なぜならこれは一〇〇年以上ものあいだ結界が張られ、侵入を阻み続けている魔王領へ乗りこむ絶好のチャンスなのだから。

ミュンデは後日聞かされたが、先日魔王と救世教会上層部の面々が会合を行ったらしく、それを取り仕切っていた枢機卿たる父に『魔王と魔王領を観光せよ』ではなく『敵情視察せよ』と命じられた。

敵情と表現したということは、救世教会は魔族を敵として認識しているということだ。

つまり手紙に書かれていることを額面通りに受け取っていないのだ。

魔王の目的が人魔の親睦を深めることではないとなると、聖十三騎士団団長をわざわざ魔王領へ呼び出す理由などひとつしかない。

魔族にとって最も厄介な聖十三騎士団団長を罠にかけ、葬ることだ。

それを警戒しているのだろう。枢機卿はふたりの女騎士を旅に同伴させよと命じてきた。強力な聖力を宿し、若くして聖十三騎士団に任命された女騎士――

フレイヤとティエラである。

「で、どーすんだ？　誘いに乗るのか、乗らねーのか。こりゃ間違いなく罠だろーけど、言い換えりゃ魔王を倒す絶好のチャンスだぜ。魔王を倒したと報告すりゃ、子どもたちも安心して暮らせるだろーしな」

好戦的な笑みを浮かべて勇ましい言葉を口にしたのは、鮮やかな銀髪が目を引く小柄な娘――聖十三騎士団第五席につく女騎士のフレイヤだった。

男勝りな態度とは裏腹に出るべきところは出て、引っこむべきところは引っこんでいる女性らしい身体つきだ。

おまけに肌は雪のように白く、かわいらしい顔立ちであるため、あまり強そうな印象は受けないが――聖十三騎士団は見た目ではなく実力で選ばれている。

聖十三騎士団に名を連ねている以上、魔族相手に一騎当千できる実力を秘めているのだ。

「わたくしは、この目で魔王領を見てみたいですわ。本に書いてあったことが真実なのか虚構なのか、たしかめてみたいと常々思っておりましたの」

フレイヤとは対照的に、おっとりとした物腰でそう語るのは、クリーム色の髪と豊満な乳房が印象的な女の子――聖十三騎士団第十二席につく女騎士のティエラだ。

楚々とした顔立ちに優しげに垂れた瞳。ほっそりとした手足に色白の肌と、いかにも虚弱そうな風貌だが――その実力は聖十三騎士団に所属するに相応しいものである。

さらに実力もさることながら、ティエラの頭には魔族に関する膨大な知識が眠っている。ともに魔王領を旅することになった暁には、ティエラの知識は必ず役に立つはずだ。

それを見越して、枢機卿はティエラに同伴を命じたのかもしれない。

仲間たちの意見を受けたミュンデは、決心したようにこう告げた。

「では、ふたりとも私とともに来てくれるか？」

フレイヤとティエラは微笑する。

「水くせーこと言うなよ。団長だけを危ねえ目に遭わせるわけにゃいかねーだろ」

「もちろんお供いたしますわ。……ですが、高確率で魔王と戦うことになるのですから、騎士団全員で向かったほうがいいのではありませんの？」

「それについては私も猊下に進言してみたが……聖十三騎士団全員が魔王領へ向かえば、魔王軍が人間領へと押し寄せてきた際に対処できなくなると断られてしまってな。私も、そのとおりだと考えをあらためた次第だ」

つまり、この旅行は聖十三騎士団を葬るための罠ではなく、聖十三騎士団を人間領から遠ざけるための策略かもしれないのだ。

「魔王なんざあたしひとりで充分だぜ。こちとら毎日修行してんだからな」

終戦から一世紀が過ぎ、人魔大戦の生き証人はごくわずかとなった。

それでも、魔族がいかに怖ろしい種族であるかは語り継がれてきた。魔族は残虐にして狡猾な生き物だ、その支配者たる魔王の暴虐さは想像を絶するものである――と。

そんな魔王が和睦を提案するなど普通に考えてありえない。裏があるに決まっている。すなわち、和睦は人類を油断させるための罠。人類が平和ボケして油断したところを、一気に攻めようと企んでいるに違いない。

それゆえ救世教会は女騎士を募り続けているし、聖十三騎士団は魔族襲撃に備えて日々修行に励んでいる。

「交流こそないが、魔族とは友好条約を結んだ間柄だ。理由もなく殺すわけにはいかん。だが、いくら取り繕おうとしょせんは魔王――諸悪の根源だ。数日行動をともにすれば、いずれボロを出すはずだ。そうなれば、我らは魔王断罪の大義を得る」

「ふんっ。旅行にかこつけてあたしたちを排除しようって腹づもりなんだろうが、そうはいかねーぜ！」

「この旅行は人魔間の平和のため。ですが、それが我々を欺くための方便であれば、その

ときは容赦しませんわ」

仲間たちの頼もしい返事に後押しされたミュンデはペンを手に取り、手紙と向きあった。

……緊張に、手が震えている。

（この私が――聖十三騎士団団長であるこの私が、怯えてしまっているのか……？　ふっ、ひさしく忘れていたよ、恐怖という感情は……）

ミュンデは自虐的に笑う。

とはいえ聖十三騎士団団長とはいえど、恐怖するのも無理はない。

なにせ先日一七歳になったばかりのミュンデは戦争を体験したことがないのだから。

それは一六歳のフレイヤも、一八歳のティエラも同様だ。

けれど魔族との実戦経験がなく、ゆえに魔族を見たことがないとはいえ、魔族がいかに凶悪極まりない種族であるかは先人から伝え聞いている。

そしてミュンデは――女騎士は、人々の期待を一身に背負い、幼少の頃から日々過酷な修行に励んできたのだ。

いまこそ修行の成果を見せるとき！

決意を新たに、ミュンデはふたりの顔を見まわした。

「では、参加欄に○をつけるが……本当に、よいのだな？　強制はしないぞ。断るならばいまのうちだ。魔王軍に捕らえられ、屈辱的な拷問を受け、生まれたことを後悔しながら死ぬことになるかもしれぬのだからな」

「ふん。魔族が怖くて女騎士が務まるかってんだ！」

「聖十三騎士団に任命されたそのときから、いつかこうなる日が来るのではないかと覚悟しておりました。今日がその日だったのですわ」

ふたりの勇敢な台詞を受け、ミュンデは感動したように瞳を潤ませた。

「フレイヤ、ティエラ……。貴殿らと仲間になれたことを、私は誇りに思うッ！」

そして――

ミュンデは、参加欄に◯をつけた。

《第一幕　襲い来る紅竜》

旅行当日の朝。

ミュンデ一行はヴィオーラ王国最東端に位置するエリュト岬を訪れていた。

切り立った崖の上には人間領最東端たることを示す石碑が建立されている。同じように最西端、最南端、最北端にも石碑があり、例年大勢の観光客で賑わっている――のだが、エリュト岬には集客効果がまるでなかった。

気候は年中穏やかで、そこかしこに群生する真紅の花はエリュト岬でしか見られないし、夕暮れ時の海は絶景だ。ヴィオーラ王国王子が、この岬で民間人の女性にプロポーズしたというロマンチックな伝承もある。

最寄りの町からは距離があるため馬なり船なりを使わないと行き来は難しいが、苦労をしてでも訪れる価値は充分にあるのだ。

だというのに、エリュト岬は閑散としていた。

無理もない。

水平線の向こうには——魔王領があるのだから。

天気のいい日には肉眼でもうっすらと対岸を見ることができる距離——まさに目と鼻の先に魔王領が存在しているのだ。

戦争再開の暁には、多くの魔族がエリュト岬に上陸することになるだろう。

それを怖れているからこそエリュト岬には観光客が寄りつかないのだ。

ミュンデとてエリュト岬を訪れて平静を保つのは難しい。

昨日はそわそわしてなかなか寝つけなかったが、これから起こりうることを思うと眠気など吹き飛んでしまうのだった。

「これより……これより我らは、魔王領へと向かうのだな」

澄み渡る空の下、ミュンデは穏やかな海へ目を向け、重い口調でつぶやいた。

水平線の彼方に浮かぶ魔王領——。

そこには荒れ果てた大地が広がり、残忍にして残虐な怪物——魔族が跋扈していると、座学で習ったことがある。

はたして無事に視察を終え、人間領へ帰還できるだろうか……。

もしものことを思うと、言いようもない不安に襲われる。

聖十三騎士団の団長であるミュンデですら、恐怖を克服できていないのだ。仲間たちも不安がっているに違いない。

　聖十三騎士団は人類を魔族の脅威から守る組織だ。一般市民だろうと女騎士だろうと、魔族の脅威に晒されているのであれば例外なく保護しなければならない。枢機卿の命令に反する行為だが、魔族に怯える仲間たちを魔王領へ向かわせるわけにはいかないのだ。

「引き返すなら、いまのうちだぞ」

　ミュンデは真剣な眼差しをふたりに向けて最終確認をした。

「ふん。なに寝ぼけたこと言ってんだ。臆病風に吹かれて仲間を見捨てるなんざ、かっこ悪くてできねーぜ」

「仲間を見捨てるくらいなら、屈辱的な拷問を受けたほうがましですわ」

　毅然と振る舞うふたり。それが本心から出た言葉であることは目を見れば一目瞭然だ。

　魔王領へ向かうと決意してから一週間。荷造り中に心変わりしているかもと思ったが、ふたりとも覚悟は揺らいでいないようだ。

「訊くだけ野暮だったようだな。いまのは失言だった、忘れてくれ」

「わたくしたちのことを想ってのことなのです。謝ることはありませんわ」

「ティエラの言うとおりだぜ。ったく、団長はまじめすぎんだよ。んな辛気くせー話するくらいなら、魔王との戦いに備えて模擬戦でもしようぜっ」

暗い雰囲気を吹き飛ばすように明るい声を響かせると、フレイヤは肩に担いでいた槍を地面に突き立てた。

先端に枝刃のない、直線的な形をした槍だ。

武器屋に行けばごろごろ転がっていそうな見た目だが、見る者が見れば一目でわかる。


あれは世界に二つとない聖器――十三聖器が一つ、聖槍だと。


魔族を葬るのに必要となる力――聖力は、それ単体では役立たない。

聖器という武具型の媒体に聖力を流しこむことで、はじめて効力を発揮するのだ。

そして十三聖器とは、聖十三騎士団専用の聖器である。

圧倒的な聖力量を持つ聖十三騎士団が通常の聖器を使えば容量オーバーで壊れてしまう。

一方、特殊製法で造られた十三聖器には聖力の許容量に限界がない。

つまり十三聖器を用いれば、強力な一撃を魔族に浴びせることができるのだ。

「模擬戦には模擬戦に相応しい武器を使うべきだ。我が十三聖器――聖剣は、おいそれと振るっていいものではない。よってその誘い、断らせてもらう」

「わたくしの聖弓は聖力を矢として放つ、遠距離用の聖器です。対人稽古には向いておりりませんわ」

「ちっ。こんなことなら稽古用の槍も持ってくるんだったぜ」

「それでは荷物がかさんでしまうではないか。いつ戦闘になるかわからぬのだ、なるべく身軽な格好で来いと再三警告しただろう。見るがよい、私の姿を。まさに身軽だろう？」

「身軽にしろっつー趣旨は理解できるが、いくらなんでもそりゃさすがに軽装すぎるぜ」

などとフレイヤにあきれられてしまうくらい、ミュンデは軽装だった。持ってきたものといえば腰に掲げた聖剣だけだ。さらに身に纏っている軍服風ワンピースも動きやすさを重視して選んだもので、スカート丈は短めだ。この日のために、わざわざ仕立てなおしてもらったのだ。

両脚を覆うロングブーツも、歩きやすいものを選んで履いてきた。自画自賛になるが、まさに完璧な服装と言えよう。

（私に引き替え、ふたりときたら……）

ミュンデはあらためてふたりの出で立ちをチェックする。

フレイヤは胸元が大きく開かれたヘソ出しタンクトップにショートパンツ姿であった。

豊満な胸と華奢な肩は鎧に守られ、歩きやすそうな靴が小さな足を覆っている。

長い銀髪は黒いリボンでポニーテールにまとめられ、肩にカバンをかけている。

（服装は合格だが、なぜにカバンを持ってきたのだ？　さほど大きなものではないが……いったいなにを持ってきたのだ？）

あとで確認することにしつつ、ミュンデはティエラへ視線を移す。

ティエラはビキニアーマー姿だった。

防寒用に羽毛マントを羽織っているが、ほぼ全裸だ。

（旅行に相応しい装いだなっ。感心感心っ。……しかし、カバンはフレイヤのより一回りほど大きいな）

「ふたりとも、なにを持ってきたのだ？」

「なにって、ふつーに服と飯だぜ？」

「飯というと、お弁当か？」

「弁当ってか、保存食だな。数日分の干し肉を持ってきたぜ。現地調達すりゃいいかなーとも思ったが、あたし料理できねーしな。さすがに魔王領の食材をそのまま食うわけにゃいかねーだろ？」

「私はそのまま食べるつもりだったが……生で食べるのはそんなに危険なのか？」

「なっ、ななな生だなんてっ！　生だなんてそんなのぜったいにいけませんわっ！」

ティエラは顔を真っ青にして悲鳴を上げた。

「魔王領の食材についてなにか知っているのか、ティエラよ？」

ミュンデがたずねると、ティエラは興奮気味にまくし立てる。

「魔王領の食材は魔族の体内から漏れる瘴気に毒されていると本に書いてありましたわ！　人間が口にすればあっという間に毒が全身を駆け巡り、のたうちまわって死んでしまうと、そう本に書いてありましたわっ！　だというのに生で食べようとしていたなんて……ああ、考えただけで怖ろしいですわっ！　怖ろしすぎますわっ！」

救世教会が所蔵する魔族関係の本を片っ端から読んだティエラは魔王領に精通している。ティエラが『魔王領の食材は食べるべからず』と断言するなら、従ったほうが身のためだ。

「どうやら私は、身軽になりすぎたようだ……。せめて一日分のお弁当くらい持参すればよかった……すでにちょっぴりお腹空いてるし、どうしたものか……」

いまのうちに食料を調達しようかとも思ったが、あたりに食べられそうなものはない。魔王領の食材よりはましだろうが、かといって野草を食べればお腹を壊してしまいそうだ。

「心配すんな。飯なら分けてやるからよ」

「お、おお……っ！　感謝するぞ、フレイヤよ！」

「な、泣くほどのことかよ？」

「ほんとうにありがたいのだ！　ふたりがちゃんと考えていてくれて助かったぞ！　……

とはいえ、さすがにティエラは食料を持参しすぎだとは思うがな」

　丸々と太ったカバンを眺めてそう言うと、ティエラは心外そうな顔をした。

「さすがにこれ全部食料というわけではありませんわ」

「ではなにを持ってきたのだ？」

「三泊四日分の服と、医療品と、洗面用具と、方位磁針と、簡単な調理具と、食料と……あと、水着を」

「……なぜに水着を？」

「しおりに書いてありましたもの」

　旅のしおりによると、今回の旅行は三泊四日を予定しているらしい。そしてしおりには、『聖十三騎士団ご一行様には着替えと水着を持参してほしい』との旨が記されていたのだ。

「マジで持ってきたのかよ？」

「備えあれば憂いなしと思いまして」

「それはいい心がけだ。にしても、いったいなぜ水着なのだろうな？　用途くらい書いてくれてもいいと思うのだが」

「まったくだぜ。旅のしおりを作るなら、目的地も書いとけってんだ。ったくよ、なにがミステリーツアーだ、無駄にサプライズ仕込みやがって」

しおりには『今回の旅行はミステリーツアーを予定しています』と書かれていた。

ミステリーツアーとは旅行参加者を驚かせて楽しませるためにあえて目的地を伝えない旅行のことだ。当然のことながら、参加者を困らせるのが趣旨ではない。

が、この旅行の主催者は魔王だ。

嫌がらせのために目的地を記さなかった可能性が高い。

「あるいは『魔王領へつれていく前に貴様らを殺す』という魔王なりの意思表示なのかもしれぬな」

「まわりくどいまねしやがって。ま、あたしとしては構わねーぜ。この場で魔王を殺せたほうが、帰りの手間が省けるしな」

「たしかに帰路のことを考えておいたほうがよいかもしれぬな。魔王領への移動手段は船だろうが……船というのは三人で動かせるものなのだろうか？」

行きは魔族が操縦するだろうが、魔王領で魔王を倒した暁には、自分たちで船を動かし帰路につかねばならないのだ。

「船の操縦方法なら本で読んだことがありますわ。問題は魔族の追撃ですわね。海上にて船を沈められ、水中戦に持ちこまれるかもしれませんわ。魔族には水棲生物もいると本に書いてありましたし、そうなれば厄介ですわ」

「ふむ。……まあいずれにせよ、油断は禁物というわけだ。いつ襲われてもいいように、各自警戒――」

と、ミュンデは思わず口を閉ざした。

ふいに巨大な影が頭上を通り過ぎ、一瞬遅れて猛烈な突風に見舞われたのだ。

「い、いったいなにが……っ!?」

草原がざわめき、枯れ草が舞うなか、ミュンデは突風に煽られよろけつつも空を見上げ――絶句した。

ミュンデ一行が目にしたもの。

それは大空を駆る、真紅の巨体――。天空を覆い尽くすほどの巨大な翼をはためかせて悠然と空を舞うその姿を目撃し、ミュンデ一行は凍りついてしまう。

実際にその姿を目にするのははじめてだが、ミュンデは大空を翔るそれの正体を察していた。

多くの町を壊滅させた伝説を持つ、破壊の化身。

この世に存在するすべての飛行生物の頂点に君臨する、天空の支配者。

魔王に比類する知名度を誇るその生物の名は――

「な、なぜここに紅竜がいるのだ⁉」

ミュンデは悲鳴にも似た叫びを上げ、はっとしてティエラに指示を出す。

「ティエラ！　即刻紅竜を射止めるのだ！　このまま町に向かわれれば大惨事になる！」

「わ、わかりましたわっ！」

ティエラは慌ただしく聖弓を構えた。聖弓に聖力が宿り、神々しく光る矢が出現するも、ティエラは一向に放たない。大空を舞う紅竜に照準をあわせようとしている様子だったが恐怖に手が震え、狙いが定まらないようだ。訓練では冷静沈着にして百発百中の腕を持つティエラだが、訓練と実戦は違うということか……。

「来やがった！」

フレイヤが叫ぶ。

三人を餌と認識したのだろう、紅竜は三人の上空を旋回し始めた。その圧倒的なまでの威圧感に気圧されたのか、ティエラは聖弓を取り落としてしまった。聖力の供給が絶たれ、矢が消滅する。

次の瞬間、紅竜は急激に高度を下げた。滑空する紅竜に、すかさずミュンデは抜剣する。

ティエラは弓を拾い上げ、フレイヤは蒼天に槍を突き上げた。

ざわざわとこみ上げる恐怖心を押し殺し、ミュンデは――聖十三騎士団団員たる三人は、紅竜との真っ向勝負を覚悟した。

……だが。

紅竜は三人の頭上を素通りし、一〇〇メートル向こうの茂みに降り立った。

巨大な翼を折り畳み、鱗に覆われた四肢を曲げ、動きを止める。

「……まさか、わたくしたちに気づいていないのでしょうか？」

「ゆ、油断は禁物だぜ。紅竜の奴、こっちをチラチラと見てるじゃねーか。ありゃ完全に捕食者の目だ。こっちが隙を見せた瞬間、襲うつもりに違いねえ」

「へたに刺激するのは危険だが、このまま睨みあっていても状況は改善しない。我らから先制攻撃を仕掛けたほうが生き残る確率は高いだろう。――ティエラよ、できれば一撃で紅竜を仕留めてくれ。……聞いているのか、ティエラ？」

ミュンデの呼びかけに、ティエラは紅竜のほうを指さした。

「……紅竜の頭に、誰か乗ってません？」

「頭に？　そんな馬鹿な……」

紅竜は誇り高き天空の王だ。乗り物扱いを許すわけがない。見間違いに決まっている。

などと思いつつ紅竜の頭に目をやると――本当にひとが乗っているではないか！

（そ、そんな馬鹿なことが……）

ミュンデはぐしぐしと目を擦り、あらためて紅竜の頭上を見る。

……見間違いではないようだ。

紅竜の頭に立ち、尖塔と見紛うほどに巨大なツノを撫でているのは——少年だった。

あまり見ない黒髪に、線の細い身体つき。白シャツの上からベストを羽織り、大きめのカバンを携えている。執事のような身なりの男だ。

その体格と優しげな顔つきからも、武術に精通しているようには見えない。ましてや、紅竜を従えるなんて人間離れした芸当ができるとは思えない。

だが、現実に彼は紅竜を従えている。

見た目は優男だが、ただ者ではなさそうだ。

「あの男は……紅竜に乗ってここまでやってきたのか？」

「だろうな。信じられねーけど……あいつは、紅竜をペットにしてんだよ」

「どうやって紅竜を手なずけたのかも気になりますが……彼が飛んできた方角も気がかりです。だって、向こうには……」

ミュンデは、ごくりと生唾を飲みこんだ。

「紅竜を従え、魔王領から来た少年、か……」

いったい、何者なのだろう。

まさか、彼がそうだというのか。

ミュンデ一行の警戒心は、気づけば少年へと向けられていた。

◆
「ひぎぃぃっ！　こっ、怖いのじゃぁっ！　おっかいないのじゃぁぁあぁ……！」

いかに研ぎ澄まされた剣だろうと傷ひとつつけられない鱗に、いかに堅牢な盾だろうと防ぎきれない爪、そして山と見紛うほどの巨体を誇る紅竜――ハイドラは、がたがた震え、なさけない声をもらしていた。

「まあまあ、そんなに怖がることはないよ。交流こそないけど、魔族と人類は友好条約を結んでるんだ。こっちから手出ししない限り、向こうも手出しできないよ」

聖十三騎士団は魔族との戦闘に特化した集団だ。

だが、そもそも女騎士が魔族と戦っていたのは人類の平和を守るためである。

ここで魔王に斬りかかれば友好関係にひびが入り、戦争が勃発しかねない。

人類の平和な暮らしを守る聖十三騎士団が、自らの手で戦争の引き金を引くわけがないのだ。

颯馬は落ち着きを促すようにそう語り聞かせるが、ハイドラの怯えは引っこまない。

「じゃ、じゃがあの娘……わしに弓を向けておらんかったか？」

「まあ……うん、向けてたね」

颯馬が認めると、ハイドラはぶるりと巨体を震わせた。

「じゃろ⁉　ぜったい向けてると思ったもん！　めちゃくちゃ怖かったんじゃからっ！」

エリュト岬に着陸しようというところ、ハイドラは『弓向けてない⁉　ねえ、こっちに弓向けてない⁉』とパニック状態に陥り、地面に降り立てずにいたのだ。

大空を旋回して必死に狙いを逸らそうとしていたハイドラに、颯馬は『万一矢が飛んできたらぼくが防ぐから』と説得を試みた。最終的にハイドラは岬に着陸してくれたが……最悪殺されていたかもしれないとわかり、再びパニック状態に陥ってしまったようだ。

「けどまあ、結果的に矢は飛んでこなかったでしょ？　あれはただの威嚇だよ。こっちが手出ししない限り、攻撃されることはないって」

とはいえ攻撃はされないだろうが、うかつに近づけば怖がらせてしまいそうだ。

颯馬はハイドラがいかに無害かを知っているが、彼女たちは紅竜を敵だと認識している。

そうでなければ弓など向けたりはしないだろう。

聖十三騎士団の面々に旅行を楽しんでもらうためにも、まずは自分たちが無害だということを理解してもらわなければならない。

そうと決めた颯馬は草原に降り立ち、ハイドラにこの場で待機するよう告げると、マントを風になびかせながら聖十三騎士団のもとへ歩み寄る。

「止まれっ！」

三人の表情がはっきりとわかる距離にまで近づいたところで、剣を構えた少女が静止を命じてきた。

颯馬はおとなしく立ち止まり、にこやかに話しかける。

「右から順に、フレイヤさん、ミュンデさん、ティエラさんだね。今日は集まってくれてありがとう。楽しい旅行に――」

「なぜ我らの名を知っている!?」

ミュンデが驚愕の表情で叫ぶ。

「こないだ魔王の手紙にあたしらの名前を書いただろ。こいつはその手紙に目を通したんだろうぜ」

「た、たしかに……」と納得顔をしたミュンデは、次の瞬間はっとする。「だ、だがっ、我らの顔と名前を一致させたのは妙ではないかっ」

「ああ、団長の言うとおりだぜ。こっちはこいつの正体を知らねーが、こいつはこっちのことをよ~く知ってるみてーだ。――なあ、この変態野郎っ！　どうやってあたしたちの素性を調べやがった！」

「聞きたいことはいろいろとありますが、まずはあなたの正体から聞かせてもらいます。もっとも、正体はほとんど察しがついてますけどね」

ぎろりと睨み、敵意を見せる三人に、颯馬は微笑を浮かべて自己紹介する。

「ぼくはこの旅行の企画立案者にしてツアーコンダクターを務める九九代目魔王――結城颯馬だよ」

予想通りの正体だったのか、三人はさほど驚かなかった。とはいえ警戒心を引っこめたわけではなく、むしろ正体が明らかになったことで警戒心は強まったようだ。

「貴様が、魔王……」

「あまり魔王らしくありませんわね。本にはもっとこう……禍々しい姿が描かれていたのですが」

「さっき、こいつは九九代目っつっただろ。てこたぁ、その禍々しい魔王は先代ってことじゃねーのか？」

「いずれにせよ、この男が魔王と見て間違いあるまい。なにせ紅竜を従えているのだから。

して、魔王よ。貴様、なぜ我らの顔を知っている？」

凄んでくるミュンデに、颯馬は落ち着いた口調で語る。

「旅行企画を立てるにあたって、参加者の年齢や趣味嗜好を調べるのは大事なことなんだ。同じ旅行先でも、楽しめるひとと楽しめないひとが出ちゃうからね。そしてこの旅行は、きみたちが生まれる前から企画しててね。そんなわけで聖十三騎士団の任命式に参加して、情報を集めるようにしてたんだ」

新たな勇者の誕生は人類にとって盛大に祝うべきことであり、聖十三騎士団の任命式は大陸を挙げて大々的に行われている。

旅行好きな颯馬としても『旅行参加者の素性を調べる』という目的の有無にかかわらず見逃せないイベントだった。

「まさか魔王に祝われていたとは……」

式典の場に魔王が潜りこんでいたことを知り、ミュンデは唖然とする。

「怖ろしい話ですわね……。聖十三騎士団が勢揃いしていたとはいえ、式典の場で魔王に暴れられていたら、どれだけの犠牲者が出ていたことか……」

「こっそり侵入しやがって！　ほかに魔族を忍びこませてねーだろうな！」

「忍びこませたりしてないよ。結界を張ってるから、魔族はぼくに無断で魔王領から出ることができないんだ。逆に、知ってるかもしれないけど人間は魔王領に立ち入れないよ。魔王領に入れるのは魔力を持つ者――魔族だけだからね」

もちろん、颯馬の許可さえあれば人間だろうと魔王領に立ち入れるが。

「っと、そろそろ出発しないと予定が狂っちゃうな」

と、颯馬は笑みを引っこめ、真剣な顔をした。

「今回は突然の誘いにもかかわらず、旅行の誘いに応じてくれてありがとう。魔族を代表してお礼を言うよ。三人に楽しかったと言ってもらえるような旅行になるよう頑張るから、なにか不満な点があったら遠慮なく言ってね」

そう言って頭を下げる颯馬に、ミュンデ一行は拍子抜けしたように目を丸くした。

それから顔を見合わせ、

「……こちらこそ、お招きいただき感謝する」

ミュンデが不服そうに告げてきた。

その言葉に、まるで心はこもっていない。

一応友好条約を結んでいるため、失礼がないように振る舞おうとしているのだろう。

「どういたしまして。ところで今回の旅行にはもうひとり参加者がいるんだ。そこにいる紅竜――ハイドラがそうなんだけど」

「紅竜と旅しろってのか!?」

「女の子が一緒のほうが、きみたちも安心できるでしょ？」

「女の子だと!?　てめーはあれを見て女の子だと言うのか!?　ありゃどう控えめに見ても肉食獣だぜ！　さっきからこっちをチラチラ見てやがるし、あたしらを喰おうとしてるに決まってらぁ！」

「いまは紅竜モードだから威圧的に思うかもしれないけど、いつもは可愛い女の子の姿をしてるんだよ。こっちを見てるのだって、矢が飛んでくるんじゃないかって不安がってるだけなんだ。まあ見てて」

　と、颯馬はハイドラを振り向いた。

「ハイドラー！　いつもの姿になってこっち来てよ！　みんなに紹介したいんだ！」

　颯馬が呼びかけるとハイドラは首を上下に振った――直後、巨体は真紅の光に包まれる。目を覆いたくなる眩さだったが奇襲を警戒しているのか、ミュンデたちは目を開いたままことの顛末を見守っていた。

　時間にして十数秒――。

　真紅の光が収まったとき、紅竜は消えていた。

　そのことに気づいた瞬間、ミュンデ一行は慌ただしく周囲を見まわす。

「紅竜が消えた⁉　空にもいない！　いったいどこに隠れたのだ！」

「てめーいったいどういうつもりだ！　まさか奇襲するつもりじゃあるめーな！」

「違いますわっ！　あそこを見てください！」

　ティエラが前方の茂みを指さした。ミュンデとフレイヤは慌ててそちらを見る。――と、そこにはトコトコと歩み寄ってくる女の子の姿があった。

「ま、まさか、あれが……？」

　いぶかしげな眼差しを向けられた颯馬はうなずいてみせた。

「紅竜は変身魔法を使うんだ。紅竜の姿になると服が弾けちゃうからいまは全裸だけど、普段はおしゃれな女の子なんだよ」

　紅竜になるたび服を台なしにするのはもったいないため、お気に入りのドレスは事前に颯馬に預けている。

「だ、だが人型になれるからといって紅竜であることに変わりはあるまい！」

「そ、そうだっ！　紅竜は破壊の化身じゃねーか！　子どもの姿になったところで紅竜は紅竜だ！」

「見た目こそ幼女ですが、紅竜の本質は変わりませんわっ！　紅竜には破壊衝動があり、本能的に町を破壊したことすらあると本に書いてありましたもの！」

三人の怒声が聞こえたのかハイドラは立ち止まり、がくがくと膝を震わせる。

あまりに不憫なので、颯馬は早急に誤解を解くことにした。

「それは誤解だよ。たしかに紅竜は町……というか建物を壊したことがあるけど、それは事故なんだ」

多くの食料を必要とする紅竜の姿で生活するのはあまりに燃費が悪いため、紅竜は変身魔法を使って人型になっている。ひとの姿で過ごすうちに飛び方を忘れてしまい、たまに紅竜の姿になった際に誤って街に落ちていたというわけだ。

「つまり紅竜は『破壊の化身』じゃなくて『どじっこ』なんだよ。とはいえ、どじっこのままにはしておけないから、紅竜には飛行免許を持ってもらうことにしたんだ」

アーガルドに召喚されてほどなくして、颯馬は免許制度を導入した。免許は五年ごとに更新する決まりになっており、人里離れた山奥で半日間の飛行訓練を実地している。そうやって飛び方を思い出させることにより、落下事故を未然に防ぐことに成功したのだ。

「ハイドラは飛ぶの上手だから、ほとんど揺れを感じないよ」

颯馬が快適な空の旅を約束すると、ミュンデ一行はハイドラへ視線を向けた。

ガチガチと奥歯を鳴らすハイドラを眺め……やがてティエラはため息をつく。

「どうやら、本当に怯えているようですわね。魔王の言葉を鵜呑みにはできませんが……

少なくとも、あの紅竜に害はなさそうですわ」

「我らも同意見だ。――さあ魔王よ、紅竜をここへ呼び、我らに紹介するのだ」

颯馬はこくりとうなずき、

「ハイドラー！　みんなハイドラと仲良くしたいってさ！」

手招きすると、ハイドラはびくびくしながら歩み寄ってきた。それから颯馬のうしろに隠れ、じろっとティエラを見上げる。

「……不意打ちはなしじゃぞ？」

「あなたがおとなしくするのであれば、攻撃しないと約束しますわ」

「おとなしくするのじゃ！　約束するのじゃ！」

全力で首を振るハイドラに、ミュンデ一行は顔を見合わせた。

「マジでびびってるみてーだな。……こんなふうに怯える子どもを脅かすのは、正直気が引けるぜ。……あたしは、子どもを怖がらせるために修行したんじゃねーからな」

「演技とは思えぬし、本心から出た言葉と取って問題あるまい」

無事に誤解が解けたところで、颯馬はハイドラに告げた。

「それじゃあ、そろそろ移動を開始するよ。ミュンデさんたちにはハイドラに乗って移動してもらうからね」

「それは構わぬが……我らを紅竜から落とそうとしてみろ。その前に貴様の首を落としてやる」

「そんなことしないよ。いきなりは信用してもらえないだろうけど、ぼくは魔族と人類の親睦を深めるために――形だけじゃなく、心からの交流ができるようにするために今回の旅行を企画したんだ。この旅行は魔族と人類が仲良くなるための第一歩。それを台なしにするようなまねはぜったいにしないと誓うよ」

　真剣そのものの表情で語る颯馬だったが、疑いが晴れた様子はなかった。

「貴様の話を信じるつもりはさらさらないが、このまま立ち往生していても埒が明かぬ。今回は紅竜に免じ、貴様の言葉に従ってやる。――して、目的地はどこなのだ？」

　それは到着してのお楽しみ――と言いたいところだが、さすがにこの状況で秘密というわけにはいかないだろう。

　これ以上不信感を募らせないためにも、せめて最初の目的地――初日の宿泊先くらいは伝えておいたほうがよさそうだ。

「オーク村だよ」

目的地を伝えた瞬間、ミュンデたちの顔から血の気が引いた。

◆

颯馬が目的地を口にした瞬間、フレイヤが聖槍を構えた。

「この野郎、ぶっ殺してやるッ！」

「ま、待って！　どうしてそんなに怒ってるの？」

颯馬は戸惑っている様子だ。そのうしろに隠れているハイドラに至ってはいまにも失神しそうな顔色だった。

だからといってミュンデの怒りは収まらない。

「貴様！　オークが我らになにをしたか知らぬとは言わせぬぞ！」

「ごめん、知らないんだけど……オークがきみたちに悪さをしたとは思えないよ。だってさっきも言ったけど、魔族はぼくの許可なしに人間領を訪れることができないからね」

「あたしたちにじゃねえ！　オークの被害者は先輩の先輩の先輩の……とにかく、過去の女騎士だ！」

「戦時中、オークは女騎士を捕まえ拘束し、抵抗できないのをいいことにひどい仕打ちをしたのですわ！　最低！　最低ですわっ！」

オークは抵抗できない女騎士を裸にひんむき、口にできないようなひどいことをした。

救世教会からその話を聞かされた女騎士はオークに怯え、オークと邂逅した際に貞操を守れるようにすべく、過酷な修行に励んできたのだ。

つまるところオークは、女騎士の天敵なのである。

「オーク村へつれていき、我らになにをするつもりだ！　返答によっては斬り殺す！」

ミュンデは抜剣した。

だが、颯馬は顔色一つ変えなかった。

ただの脅しだと思っているのか。あるいは聖十三騎士団団長の攻撃が通じないほどに、魔王の力は強大なのか……。

「ぼくを斬る前に、まずは話を聞いてくれないかな？」

颯馬が穏やかな口調で語りかけてくる。

ミュンデは迷うように黙りこみ、

「……よかろう。貴様に釈明の機会を与えてやる」

颯馬はにこりとほほ笑んだ。

「ありがとう。きみたちはオークのことを誤解してるよ。オークは紳士的な種族だからね、女の子に酷いことは死んでもしないよ。実際にオークと接してみれば、ぼくの言ってることの意味がわかるはずさ」

「そう言って、わたくしたちを罠にかけるつもりでしょう!?」

「そんなことはしないよ」颯馬は毅然とした態度で言った。「言ったでしょ、この旅行はきみたちが生まれるずっと前から計画してたものだって。きみたちを辱めるためだけに、そんな長い年月をかけて計画を立てたりなんかしないよ」

「「……」」

ミュンデとティエラは悩むように黙りこむ。

魔王の言葉を信じるのは癪だが、納得のいく部分はあった。

いますぐにオークを信じることはできないが、オーク村へ赴き、真相を確かめる価値は充分にある。

本当にオークが紳士的なら、オークに怯える仲間から不安を取り除いてやれるのだから。

それに魔王領が危険だということは、最初からわかっていたではないか。

ミュンデたちは視察を命じられているのだ。

目的地がオーク村だからといって、逃げるわけにはいかない。

「よかろう。オークが卑劣な種族か否か、この目で見定めてやろうではないかっ！」

啖呵を切るミュンデに、フレイヤがぎょっとした顔を向ける。

「お、おいおい、なに言ってんだよ団長さんよ！　オーク村なんざぜってぇろくなところじゃねえよ！」

「そんなことないよ！　オーク村は素晴らしい場所だよ。フレイヤさんも来ればぜったい気持ちよくなってくれるはずさ！」

「気持ちいいだと!?　オーク村で気持ちいいことすんのか!?　ま、まさか……服を脱いでするアレじゃねーだろうな？」

「もちろん服は脱いでもらうよ。だって――」

「脱ぐだと!?　まさか服を脱いだあと、べたべたと身体を触るんじゃねーだろうな！」

「え？　うん、それもあるけど……。まあ恥ずかしいってひともいるし、必ずしも全裸になる必要はないけどね」

「ふざけんじゃねえ！　そーゆーのは好きな奴とするもんだろうが！　間違ってもオーク相手にすることじゃねえ！　違うか!?」

「ええと……むしろ好きな相手にしてもらうことなんて希だと思うけど。まあ、オークは一日に何人も相手にしてるから、なかにはオークのことが好きで通ってるひともいるかもしれないけどね」

「……そうか、よくわかったぜ。てめーがあたしを……あたしの大事な仲間の尊厳を踏みにじろうとしやがったってことがな！」

「ええと……どうして怒ってるの？」

「怒ってんじゃねえ！　ブチギレてんだ！　てめえみてーな性根の腐った奴は生かしちゃおけねえ！　聖十三騎士団の名の下に、あたしが裁きを下してやるッ！」

威勢よく啖呵を切った直後、フレイヤの聖槍が輝きを帯びた。煌々とした輝きは聖力を注がれた証。先の宣言通り、フレイヤはこの場で魔王を葬るつもりなのだ。そんなことになれば魔族の怒りを買い、人魔大戦が起こりかねない。

ミュンデは咄嗟にフレイヤを止めようとしたが――そのときすでにフレイヤは魔王へと突進していた。

――だが、聖槍が魔王を貫くことはなかった。

フレイヤが返り討ちに遭った……わけではない。

魔王との距離が五メートルに縮まったところ、フレイヤはふいにバランスを崩して前のめりになり、ふわりと宙に浮いたのだ。

じたばたと手足を動かしているが、地面に近づく気配はない。

三メートルほど宙を舞うなど自然現象では起こりえない。

もちろん、フレイヤに空を飛ぶ力など備わってはいない。

となると、この現象を起こした犯人はひとりだけ。

「てめーの仕業か、魔王ッ！」

フレイヤが怒声を飛ばす。

宙ぶらりんのままブンブンと槍を振りまわしたが、颯馬にはかすりもしなかった。

「きっ、貴様ぁ！　フレイヤになにをしたッ！」

「ついに本性をあらわしましたわね！」

ミュンデは聖剣の柄に手をかけ、ティエラは聖弓を構えた。ひぎぃぃぃ、とハイドラの悲鳴がエリュト岬に響き渡る。

……一触即発の雰囲気だというのに、なにを思ったか颯馬は微笑した。

「ごめんね。フレイヤさんが花を踏みそうになったから、浮遊魔法を使っちゃったんだ。身体に害はないから安心してよ」

その言葉に、ミュンデ一行は困惑顔をする。

「……てめーはいま、花と言ったか？」

「うん。このあたりに生えてる花は――ミュンデは、とても珍しい花なんだ」

「言われずとも知っている。私の名は、この花が由来なのだからな！」

この真紅の花は――ミュンデは、エリュト岬にしか咲かないものだ。

かつては一面に咲き誇っていたらしいが、戦争によってこの近辺は荒れ果ててしまった。

草花は枯れ果て、大地は荒れ果て、生物の死に絶えた土地になってしまったのだ。

それが不思議なことに半世紀ほど前から徐々に草が生え始め、ミュンデが生まれた頃、ついに花が咲き始めたのだ。

ミュンデという名は、この花のように強くたくましく生きてほしいという意味をこめてつけたのだと、幼い頃に母から聞かされたことがある。

ミュンデにとってこの花は、特別な思い入れのあるものなのだ。

「もう五〇年くらい前になるかな。知人にミュンデの話を聞かされてね。一面に咲き誇るミュンデは、言葉じゃ言い表せないくらい綺麗だったって。ぼくはどうしてもその光景を見てみたかったんだ。だから崖の下に咲く一輪のミュンデを見つけたときは、すごく興奮したよ。ここまで育てるのに五〇年かかっちゃったけど、あと数年も経てば元通りになるはずさ」

「ちょ、ちょっと待つのだ！　その言い方では、まるで貴様がミュンデを育てたようではないか！」

「まあ、そうだね。ぼくがやったことといえば土に栄養を与えて、花が育つ環境を整えた

ことくらいだけど」

ミュンデは、ぐっと息を呑んだ。

「……そうか」

あろうことか魔王は聖十三騎士団の任命式ばかりでなく、エリュト岬にも訪れていた。勝手気ままに人間領に入り浸っていたのだ。

……だが、その行為を責める気にはなれなかった。魔王は、人々が見放した土地を生き返らせてくれたのだから。

フレイヤとティエラも、ミュンデと同じ気持ちのようだ。ふたりとも、無断で人間領を訪れていた颯馬を責めようとはしなかった。

「……おい、いつまで浮かせてるつもりだ。さっさとあたしを下ろしやがれっ。……心配しなくても花は踏まねーし、てめーを襲ったりもしないからよ」

フレイヤがむすっとした顔で言う。

「ああ、うん。驚かせちゃってごめんね」

と、颯馬はフレイヤを地面に降ろした。

フレイヤは吐息すると、ぎろりと颯馬を睨みつける。

「……とにかく、だ。あたしはオーク村なんかにゃ行かねーからな！　は、裸になって、気持ちいいことされるなんて……そーゆーのは好きな奴とするもんなんだからなっ！」

「そうかな？　知らないひとと同じ湯船に浸かるのも温泉の醍醐味だと思うんだけど」

その言葉に、フレイヤは目を瞬かせた。

ミュンデとティエラも、きょとんとしている。

「は？　お、温泉、だと……？」

「うん。オーク村は温泉地だからね」

「ちょ、ちょっと待ちやがれ！　じゃあ身体にべたべた触るってのはなんなんだ？　温泉って、そんなんじゃねーだろ？」

「マッサージのこと？」

「マッサージだぁ!?」

「うん！　オークの大きな指から繰り出されるマッサージはすごく気持ちいいんだよっ！　だから三人ともぜったいに気に入るはず……って、どうして槍を構えてるの!?」

「てめーが紛らわしい言い方するからだッ！」

戸惑う颯馬に、フレイヤは顔を真っ赤にして怒鳴るのだった。

《第二幕　女騎士とオークの因縁》

それは、一〇〇年ほど前のこと——。


オーク村は深い森に囲まれた知る人ぞ知る温泉地だ。秘境の奥地にあるものの、一年中立ちこめる強烈な硫黄臭を頼りにすれば迷わず村にたどりつけると言われている。

とはいえオーク村は歩いて向かうには厳しい立地にある。そのため訪問者は年に片手で数えるほどだ。そのうえ廃れた村に嫌気が差し、村を去る若者があとを絶たない有様だ。

このままでは村がゴーストタウンになるのも時間の問題であることは、村の誰もが知っている。

そんな由々しき事態に立たされているオーク村に、悲壮感に満ちた声が響く。

「颯馬様！　どうか、どうか我らをお救いくだされ！」

オーク村の村長だった。

彼の言葉に続き、村長宅に集まったオークたちが頭を下げる。

　この村一番の年寄りたる村長はほかのオークに比べて筋肉が衰え、腰が曲がっている。それゆえ背は低く感じるが――それでも颯馬は見上げる姿勢になっている。

　オークは筋骨隆々な肉体と二メートル以上の長身、豚鼻と緑色の肌を特徴とする種族だ。畑仕事で生計を立てているため肌は年中泥にまみれ、胸と腰に巻いた布は薄汚れているが、それは裏を返せば身体を洗う暇もなく仕事に従事しているということだ。

　要するにオークは働き者なのだ。そんなオークを助けてあげたいと思うのは当たり前のことだった。

「顔を上げてよ」

　颯馬の呼びかけにオークたちは一斉に顔を上げた。期待と不安の織り混ざった眼差しが集まるなか、颯馬は微笑したまま二の句を継いだ。

「だいじょうぶ。ぼくが必ずこの村を復興させてみせるから」

　安心させたい一心で強気な発言をすると、オークたちの顔から不安の色が引いていった。

　もちろん口から出任せを言ったわけではない。

　アーガルドに召喚されて早五年――。颯馬にはここと似た境遇の村を復興させた実績があるのだ。その実績を知っているからこそ、オークたちは颯馬を信じているのである。

「あ、ありがとうございます。これで我が村も安泰です……」

涙を浮かべる村長に、颯馬は微笑で応える。

はじめて接した魔族が魔王というのも大きいが、颯馬は魔族への恐怖心を持っていない。

逆に、颯馬が魔族に怖れられていた。

人魔大戦の影響から、人間である颯馬は魔族たちに敵対心と恐怖心を抱かれていたのだ。

けれど魔王の口添えと颯馬の功績が認められ、いまでは『結城颯馬を次期魔王に』との声もあるほどだ。颯馬に魔力を譲ったことで不老不死ではなくなった魔王も、颯馬が次期魔王になることを望んでいる。

「それじゃあまずは、この村のことを聞かせてよ」

「この村にあるものは、畑と温泉くらいのものです」

村長は名物のなさを恥じるような口調で言った。

実際、この場を訪れる際に目についたのは一面の畑と温泉くらいのものだった。

「ここの温泉は硫黄泉だよね？」

「硫黄泉とは？」

村長は首を傾げた。硫黄泉に心当たりがないようだ。

颯馬の暮らしていた世界と同じく、アーガルドにも当たり前のように温泉が存在するが、そのすべてが『大きなお風呂』という漠然とした認識になっているのかもしれない。

となると効能についてもよくわかっていないのだろう。

「硫黄泉は高血圧症や関節痛に効くんだよ。だから、そういった悩みを持つひとに向けてアピールできれば集客効果が望めるはずさ」

「おおっ、ほんとうですかっ！」

村長の顔に希望の色が浮かぶ。

「じゃが颯馬よ、ここの温泉はすんごい熱いぞ」

ハイドラの無慈悲な一言によって村長の顔から笑みが消えた。

「そんなに熱いの？」

颯馬はハイドラの言葉を疑わない。

ハイドラとは飛行免許の配布時に知り合った。魔王領各地を転々としていたハイドラは魔王領の地理に詳しく、そこへつれていってもらううちに親友と呼べる間柄になったのだ。

颯馬の知るハイドラは、他人を傷つけるような嘘をつく娘ではない。

颯馬ははじめてこの村を訪れたが、ハイドラは以前に来たことがあるのだろう。

「クソ熱いのじゃ。ちょろっとしっぽをつけただけじゃが、燃えておるかと思ったわ」

ハイドラはおしりを擦りながら言う。紅竜状態のハイドラが耐えられないということは、かなりの高温温泉なのだろう。

「クソ熱くて申し訳ありません……」

村長がすまなさそうに頭を下げてきた。

颯馬は慌ててフォローする。

「そもそも温泉はいきなり入ると熱く感じるものだよ。定期的に注水するか、湯船をかき混ぜれば簡単に熱さを和らげることができるからね。問題があるとすれば熱さより温泉の数かな。この村に温泉はいくつあるの？」

「三箇所です」

「三か……。あと五箇所は欲しいかな」

「そんなに掘って、いったい誰が利用するのですか？」

「お客さんだよ」

「客人……ですか？　ですが颯馬様、我らの村に客人が訪れるのは希ですぞ」

「魅力的な村にすれば大勢の観光客が来てくれるよ。ぼくはそのために来たんだからね。もちろん簡単なことじゃないけどさ」

「我らの生まれ育った村を救えるのでしたら、どんな苦労も厭いません！　して、我らはなにをすればよいのですか？」

「そうだねぇ……」

颯馬は多彩な仕事経験と豊富な旅行知識を活かして、魔王領各地に活気を与えてきた。

今回も同じやり方でオーク村を救うつもりだ。

「この地域の温泉は硫黄泉――効能はどれも同じだからバラエティに乏しいよね。多様な効能の温泉があれば話はべつだけど、現状だとわざわざこの村を訪れる理由に欠けるよ」

「この村はおしまいなのですか……？」

絶望的な眼差しを向けられ、颯馬は優しく笑いかける。

「終わらないよ。たとえばぼくの生まれ故郷に『地獄めぐり』って温泉地があるんだけど、そこは一般的な温泉地とは違って、温泉を見て楽しむ場所なんだ」

「見て、楽しむ……？」

「うん。『海地獄』『血の池地獄』みたいに、温泉ごとにコンセプトを用意してるんだ。そのおかげでたくさんのお客さんを集めることに成功してるってわけ。それと同じようにいろんなコンセプトの温泉を用意できれば、バラエティの乏しさを払拭できるってわけ」

「な、なるほど……。して、具体的にはどうするのです？」

「そうだなぁ……」

颯馬はこれまでに訪れた旅行先で見聞きしたことを思い起こし――そして、オーク村を魔王領屈指の温泉街にする名案を思いついたのだった――……

「あたしはここを動かねえからな！」

フレイヤの怒声が響き渡り、木々にとまっていた鳥が一斉に空へ羽ばたき去っていく。

森のなかには卵が腐ったような臭いが立ちこめ、オーク村が近くにあることを思わせる。

エリュト岬から二時間続いた空の旅。大空を舞う紅竜の背からはエメラルドグリーンに輝く草原にキラキラと黄金色に輝く麦畑、地の果てまで続いてそうな山脈に底の見えない渓谷等々――上空から見る絶景に、ミュンデ一行はそこが魔王領であることすらも忘れているようだった。

だが颯馬がじきにオーク村へ到着すると告げた瞬間、フレイヤがいますぐ降ろせと言いだした。

そのため颯馬は森にハイドラを着地させ、徒歩でオーク村へと向かうことになったのだ。

はじめは愚痴を言いながらも脚を動かすフレイヤだったが、硫黄臭がきつくなるにつれて不機嫌さが増していき、ついに立ち止まったのだった。

「あたしはなぁ、オークなんぞに会いたかねーんだよっ！」

まるで駄々っ子のようにごねるフレイヤに、ミュンデはどうしたものかと頭を悩ませる。

「さ、先ほど颯馬が言ったじゃろ。オーク村は颯馬の手により見違えたとな。そ、颯馬は、おぬしらに生まれ変わったオーク村を見てほしいと思っておるのじゃっ！」

ハイドラがびくびくと震えながら説得すると、フレイヤはばつが悪そうに舌打ちした。

ハイドラは一〇〇歳を越えているらしいが、見た目は幼女だ。そしてフレイヤは幼子にめっぽう弱い。つまりハイドラはフレイヤにとって魔王以上の天敵なのだ。

「ああくそっ、んな泣きそうな目であたしを見るんじゃねえっ。……ったく、団長からもなんか言ってくれよ」

困り顔で助け船を求められ、ミュンデはますます頭を悩ませた。

颯馬の話では、オークは紳士的な種族らしい。もちろんそれを鵜呑みにはできないが、颯馬の言葉に嘘を感じ取ることはできなかった。

それにミュンデは幼い頃からこういうふうに考えていた。

父は『魔族は滅ぼすべき存在』と語っていたし、ミュンデはそれを否定したことはない。だが心のなかでは『本当に魔族は滅ぼすべき存在なのか』『人類と魔族に共存の道はないのか』と考えていた。

魔王は、その道を模索しているらしい。

この旅行は、人類と魔族が共存するための第一歩なのだとか。

それが真実か虚言かはいまのところ判断がつかないが——彼に付き添って魔王領を観光することで、ミュンデは長年の疑問に答えを与えることができるかもしれない。

(本当の意味で世界を平和にするためにも、まずは我ら女騎士にとって忌むべき存在——オークの生態をこの目で見定めなければならぬ)

そんなふうに考えをまとめたミュンデは、毅然とした態度でフレイヤに告げる。

「我らはオーク村にて一夜を過ごす」

「正気か⁉」

「本気だ。魔王の言葉が正しいか、我らの常識が正しいか。それを知るには、オーク村へ足を運ぶよりほかにない。そもそも魔王領の視察は、我らに課せられた使命であろう?」

「そりゃそうだけどよ……。なあ、ティエラはどう思う?　やっぱオーク村には行きたくねーよな?　なっ!」

すがるような眼差しを向けられ、ティエラはきっぱりと答えた。

「オーク村へ行きたいですわ。ミュンデさんの言うように視察を命じられてますし……。それに、本で得た知識が正しいかどうか、たしかめてみたいと思っておりましたので」

これで二対一となった。さすがにこれ以上わがままを言うわけにはいかないと判断した

のか、フレイヤは苦い顔をしてうなずいた。そして颯馬を睨(にら)みつけ、

「オーク村が想像通りの場所だったら一生恨(うら)むからなっ！」

「だいじょうぶ。オーク村は老若男女(ろうにゃくなんにょ)が楽しめる温泉街なんだからね。フレイヤさんも、ぜったいに気に入るよ」

「それだけはありえねえ！」

ぴしゃりと断言したフレイヤは、オーク村に向けて再び歩き始めた。

「それにしても臭いますわね……」

数分歩いたところで、今度はティエラが愚痴をこぼす。

「だよなっ！　臭(くさ)いよなっ！　だったら――」

「帰りませんわ」「帰らぬ」

「……臭いの我慢(がまん)するぜ」

「それでいいのだ」

しゅんとするフレイヤに、ミュンデは満足げな笑みを送る。オーク村が近いのか臭いはきつくなっているが、これくらいなら耐えられる――と、そう考えたところでミュンデの脳裏(のうり)に不安がよぎり、

「オークは我らを怖(おそ)れているのではないか？」

と、前方を歩く颯馬にたずねた。

オークに怖れられていること自体は問題ないのだ。

聖十三騎士団が魔族侵攻の抑止力として機能しているということなのだから。

問題は、オークが『殺られる前に殺れ!』とミュンデ一行に襲いかかってくることだ。

その際は返り討ちにするが、聖十三騎士団が魔族を殺したという話が魔王領に広まれば、魔族は人類に報復するべく人間領に攻めこんでくるかもしれない——戦争が勃発するかもしれないのだ。

正当防衛とはいえ、聖十三騎士団が戦争の引き金を引くなどあってはならないのである。

「だいじょうぶ。魔族は人間を怖れてないし、偏見なんて持ってないからね」

道中、颯馬は身の上話をしていた。

いわく、結城颯馬は魔王領を復興させるべく先代魔王の魔法によってアーガルドへ召喚された人間なのだとか。

先代魔王から復興の手助けになればと魔力を譲り受けたことで魔法が使えるようになり、魔族から信頼されたことで新たな魔王となったものの、結城颯馬は種族的には人類なのだ。

ほかならぬ魔王が人間だということも理由の一つだろうが、颯馬は教育現場に人類への偏見をなくすためのカリキュラムを導入したらしく——一〇〇年の歳月をかけて人類への偏見は完全に解かれたのだとか。

もっともハイドラのような戦争を体験したことのある長命種は人類、特に聖十三騎士団への恐怖心を克服できていないようだが。

とはいえ長命種は魔族のなかでも一握りしかいないらしいので、基本的に魔族は人類に対して友好的だと思ってくれて構わないらしい。

……まあ、それが事実かどうかはいまのところ判断しかねるが。

それについてもオーク村に行けばわかることだ。

決意を新たにうっそうと生い茂る木々の隙間を縫うように歩いていると、唐突に拓けた場所に出た。

急に日差しが強くなり、ミュンデは思わず目を細める。

「あそこがオーク村――通称『黄泉めぐり』だよ」

颯馬が誇らしげに言う。

「あれが……」

ミュンデは高台の上から、三〇〇メートルほど向こうに広がるオーク村を眺めた。

大自然に囲まれた自然情緒あふれる温泉地。『ようこそ黄泉めぐりへ！』との垂れ幕がかかった立派な門を抜けた先には古風な街並みが広がっている。路面には石畳の道が敷き詰められ、浴衣を着こんだ魔族たちがずらりと並ぶ露店を楽しそうに眺めながら闊歩していた。さすがは温泉地なだけあって村の至るところから湯けむりが立ちのぼり、ミュンデは汗を流して疲れを癒やしたいという欲求に駆られる。

オーク村は一〇〇年前まで廃村寸前だったとは思えない活気に包まれていた。ここからでもオーク村の魅力と賑々しさが伝わってくるのだ。

これが颯馬の手により生まれたものなら、なるほど彼が魔族に支持されるのにも納得がいく。

颯馬はその強大な力で魔族を屈服させたのではなく、その知恵をもってして魔族を救い、信頼を築き上げたのだ。

「うげっ。あそこオークの群れがいるじゃねーかっ！」

フレイヤが悲鳴を上げ、門のほうを指さした。正門横には十数人のオークが『ようこそ聖十三騎士団ご一行様！』と書かれた旗を手にして立っていたのだ。

「あれもてめーの差し金か⁉　あそこであたしらを襲うつもりか⁉」

「あれは彼らが自主的にやってることだよ。オークたちは忙しいなか集まって、ああしてきみたちを歓迎しようとしてくれてるんだ」

「ありがた迷惑だ！」

フレイヤは心底迷惑そうに顔をしかめるが、ミュンデとティエラは違った。

「ならば、早く行ってやったほうがいいのではないか？」

「オークが史実通りの種族かどうか、早くたしかめてみたいですわ」

わかった、とうなずく颯馬のあとに続き、ミュンデ一行は門のほうへと歩を進めていく。

そうして門前にたどりついたところで、

「ようこそいらっしゃいました魔王様、ハイドラ様、そして聖十三騎士団ご一行様っ！　遠いところから遥々お越しくださいました皆様方を、心より歓迎いたします！」

村長だろうか、腰の曲がったオークが歓迎の挨拶を口にすると、オークの集団が一斉に頭を下げてきた。

単体で見れば屈強そうに感じるが、集団のなかにいる村長は年老いて見えた。オークを前にしてフレイヤはびくびくしているが、腰の曲がった老人に威圧的な態度は取れないし、ほかのオークたちからも敵意は感じ取れなかった。

（これは……本当に、心からの歓迎を受けている……と考えてよいのだろうか？）

長年抱いてきたオークのイメージとはまったく異なる対応に、ミュンデは戸惑いを隠すことができなかった。

とはいえ、これだけでは『オークは紳士的な種族』と結論することはできない。やはりオーク村に赴き、本当にオークが無害な種族かたしかめなければならないのだ。

「それじゃあ宿に案内するよ」

ミュンデが決意を新たにしていると、颯馬が言った。門を塞ぐように立っていたオークたちは道を空け、ミュンデ一行はついにオーク村へと身を移したのであった。

◆

オーク村に足を踏み入れたミュンデ一行は、きょろきょろとあたりを見まわしつつ歩を進めていた。道端には露店があふれかえっており、声を張り上げて客を呼びこむオークに
フレイヤはびくびくと震え、知ってか知らずかミュンデの服の裾をぎゅっと握っている。

その一方、露店から漂ってくる『温泉饅頭』というスイーツの甘い香りに、ミュンデは食欲をそそられていた。

「甘い誘惑に負けてはいけません。毒入りに決まってますわ」

ミュンデの心中を察してか、ティエラが耳打ちしてくる。わかっている、とうなずき、ミュンデは誘惑を取り払うように頬を叩いた。

そうして気を引き締めて歩いていると、颯馬がふいに立ち止まる。

「ここが今日泊まる旅館だよ」

　どこか自慢げに颯馬が言った。

「ここか……」

　垣根に囲まれた木造旅館だ。前庭を抜けた先には古風な宿が佇んでいる。壁という壁に蔦が走り、まさに自然と一体化した造りであった。

「ふむ。これは……自然の情緒がある宿だな」

「風流ですわね」

「そうか？　あたしには廃屋にしか見えねーが……。ま、あたしはこういうことにとんと疎いしな。ふたりがそう言うなら風流ってやつなんだろうぜ。……で、部屋はどこだ？」

「こっちだよ」

　先導する颯馬に続き、ミュンデ一行は旅館へと向かう。綺麗に剪定された前庭を抜け、引き戸を上げると、着物を纏ったオークたちに出迎えられた。

　巨体を曲げ、恭しい仕草で頭を下げてくる。

「魔王様、ハイドラ様、聖十三騎士団ご一行様ですね。お待ちしておりました。さっそくですがお部屋へご案内させていただきます。お荷物はこちらでお運びさせていただきますが……」

「構わぬ」

十三聖器をオークに預けるわけにはいかない。ミュンデはきっぱりと申し出を断った。

「かしこまりました。ではこちらへ」

女将らしきオークに先導される形で廊下を進み、角を曲がったところで立ち止まる。

「こちらが本日聖十三騎士団ご一行様にご宿泊いただく『風の間』でございます」

女将は膝をつき、戸を開く。

『風の間』は板敷きの二間だった。入口側には囲炉裏の間が、その向こうには木綿絨毯の敷かれた間が設けられている。

「まさかとは思うが、てめーもこの部屋で寝るつもりじゃねーよな？」

「だいじょうぶ。今日は三部屋借りてるし、ぼくとハイドラはべつの部屋に泊まるよ」

「えっ。わしとおぬしもべつなのか？」

ハイドラが悲しげな眼差しで颯馬を見上げる。

「ハイドラも四六時中ぼくと一緒にいるより、ひとりのほうがくつろげるでしょ？」

「ま、まあたしかにおぬしが近くにいては落ち着いて眠れぬが……だからといってべつに嫌というわけでもなかったりして……」

じんわりと頬を赤らめ、もにょもにょと口を動かすハイドラ。

「とにかく、ぼくが『風の間』に無断で立ち入ることはないよ。逆に、なにかわからないことがあったらいつでもぼくの部屋に来てね。ぼくは『森の間』にいるからさ」

「ばっ、ばか言うんじゃねえっ！　誰が魔王の部屋に行くかっ！　あたしは部屋から一歩たりとも出ねーからな！」

「いろいろと見てほしいところがあるんだけど、無理強いはしないよ。これから先は自由時間だからね」

「我らの自由に行動してもいいのか？」

てっきりこのあとも颯馬の計画通りに動くものだと思っていたミュンデは、意外そうに聞き返す。

「スケジュールに従うだけの旅行なんてつまらないしさ。ミュンデさんたちには行きたいところに行って、見たいものを見て、オーク村の魅力を存分に味わってほしいんだっ！だからはい、これ」

颯馬が手ぬぐいと巾着を差し出してきた。ミュンデはそれらを受け取り、いぶかしげに手ぬぐいを開いてみる。

「これは……地図の柄に縫ってあるのか？」

手ぬぐいには温泉名にマッサージにエステに土産店などの場所が糸で描かれていた。オークの裁縫技術の高さがうかがい知れる出来映えだ。

「この巾着は？」

ミュンデはずっしりとした巾着を掲げ、颯馬にたずねた。

「お金だよ。銅貨三〇枚に銀貨が五枚入ってるからね。温泉饅頭は銅貨一枚、温泉は銅貨三枚、マッサージやエステは銅貨五枚あれば受けられるよ。ああ、銅貨一〇枚で銀貨一枚だからね」

つまり一日中オーク村を満喫してもおつりがくる額を受け取ったというわけか。

「……一応、礼を言っておく」

「どういたしまして。楽しんでね」

颯馬はにこりと笑って言う。その笑顔から邪気は感じられなかった。少なくとも颯馬はオーク村にてミュンデ一行を罠にかけるつもりはなく――心の底からオーク村を楽しんでほしいと願っているのだろう。

もちろん視察である以上は楽しむことなどできないが――視察である以上はいろいろと見てまわらなければならない。

（全額使い切るつもりで見てまわるとするか）

そうミュンデが決めたところで、女将が話しかけてくる。

「お夜食は三時間後を予定しております。時間になりましたら、お部屋へお持ちします。なにかありましたら入口横の受付までお越しください」

ぺこりと頭を下げた女将オークは、颯馬とハイドラをつれて歩き去っていったのだった。

「さて、せっかくオーク村に来たのだし、部屋にこもっていては視察にならぬ。どこかへ行ってみないか？」

ミュンデは『風の間』のテーブルに手ぬぐいを広げ、仲間たちに呼びかけた。

そわそわと室内を歩きまわっていたフレイヤと、押し入れを物色していたティエラが、ミュンデのもとへ集合する。

「そうですわね。でしたら……ここなんてどうでしょう？」

「ふむ。『触れあいの湯』か」

オーク村には様々な種類の温泉があるらしい。たとえば森のそばにある『触れあいの湯』だが――ここは野生動物が訪れる温泉として紹介されている。

動物と一緒に入浴するなどなかなかできない体験だ。断る理由もないため、ミュンデはうなずいた。

「では『触れあいの湯』で決まりだな」

「ええっ、ちょまっ……まさか温泉に入るつもりじゃねーよな？　行ってみるだけだよなっ？」

「温泉に行くのだぞ？　入浴するに決まっておろう」

「えっ……マジで？　ここオーク村だぜ？　温泉じゃ裸になるんだぜ？　おめーら正気かよ？」

「フレイヤさんの気持ちはわかりますわ。オークが怖いんですわよね」

「はぁ!?　べ、べつに怖くねーしっ！　オークにびびったことなんか生まれてから一度もねーしっ！　……ただ、不安っつーか、なんっつーか……ほら、だってオークだろ？」

泣きそうなフレイヤに、ミュンデは困り顔をする。

とはいえ、フレイヤが過剰にオークを怖れるのも無理はなかった。

負けず嫌いで努力家なフレイヤには、様々な苦手意識を克服しようと試みていた時期があった。

えっちなことが大の苦手だったフレイヤは、エロ本を読みまくることで耐性をつけようとしたのだが――女の子を襲うのは、たいていオークだったのだ。

その結果として、

「こ、こんなところで温泉に入ったら、オークに乱暴されるに決まってんだろっ！　えろ本みたいに！　えろ本みたいにっ！」

　えろいことへの苦手意識は増し、オークへの恐怖心が深く根付いてしまったのだった。

「落ち着くのだ」

　努力が逆効果になってしまった経緯を知りつつも、ミュンデは真剣な口調で語りかける。

「我らは視察のために魔王領を訪れたのだ。オークが史実通りの種族かどうかたしかめる責任がある」

「その目的と温泉に、どんな関係があるんだよ！」

「素っ裸の女騎士など格好の獲物ではないか。我らを辱めるにはまさに打ってつけの状況。それで何事もなければ、オークは無害ということになる」

「ちょ、ちょっと待て！　てこたぁ、あれか？　十三聖器は持っていかねーつもりか？」

「むろんだ。十三聖器を持っていては、オークは我らを襲うに襲えないではないか」

「ですわね。これは危険な賭けですが、そもそも危険を覚悟した上で魔王領に来たのです。こうなることはわかっていたはずですわ」

「オーク村で温泉に入るとか予測できねえよっ！　誰がなんと言おうとあたしは行かねーからな！　てこでも動いてやるもんかっ！」

　フレイヤは腕組みしてそっぽを向いた。完全に拗ねてしまっている。

「無理強いはせぬ。それに全員で向かうのはリスクが高い。我らが全滅する事態はなんとしてでも避けねばならぬ。夕餉時になっても我らが帰還しなかったときは、最悪の事態を想定して動くのだ」

ミュンデが真顔で語ると、フレイヤは途端に涙目になった。

「縁起でもねーこと言うなよっ！　生きて帰ってこねーとぜってーに許さねーからなっ」

不安げに瞳を揺らすフレイヤに、ミュンデは優しくほほ笑んだ。

「大切な仲間をひとり残して先に逝くわけがなかろう」

「そんなに心配しないでください。無事に戻ってきますわよ」

そうしてミュンデとティエラは『風の間』にフレイヤと十三聖器を残し、旅館からほど近い場所にある『触れあいの湯』へと向かうのだった。


「……無事にたどりつけたな」

「……追っ手も見当たりませんわね」

丸腰で出歩いていたというのに何事もなく『触れあいの湯』にたどりついたミュンデとティエラは、湿った木の香りが漂う脱衣所にて拍子抜けしたように吐息をもらしていた。

道中、魔族から声をかけられることはあったが、すべてがただの挨拶だった。脱衣所に魔族は見当たらないが、扉を隔てた向こう側――温泉からは賑々しい声が響いてきている。

扉は湯気で曇っているため温泉の様子はうかがい知れないが、多くの魔族がいるようだ。女湯なので男オークはいないだろうが、聖十三騎士団の訪問を知れば乗りこんでくるかもしれない。無事に旅館へ戻るまで油断は禁物だ。

「とにかく、このまま立ち尽くしていても埒が明かぬ。いざ温泉へ参ろうではないか」

と、そうして脱衣したミュンデはティエラを引き連れ、温泉の戸を開いた。

むわっとした熱気が身体にまとわりついてくる。もうもうと立ちこめる湯気に目を細め、ミュンデはあたりの様子をうかがった。

四方を垣根に囲まれた石造りの温泉だ。吹き抜けの天井からは青空が覗け、まっしろな湯気が青空に吸いこまれるようにして消えていく。

入口正面の垣根は森に面し、そこから動物が這入ってくるらしい。しかし、いま湯船に浸かっているのは翼やツノや長い耳を持つ魔族だけで、動物は見当たらなかった。

「ちょっと残念ですわね」

「うむ……。しかし此度の目的は動物との触れあいではない。それを忘れてはならんぞ」

「ええ、承知してますわ。……ところで、湯船に浸かる前に身体を洗うのが温泉における入浴作法でしたっけ？」

ミュンデはこくりとうなずく。

「魔王領とはいえマナーは守らねばな。とはいえ洗髪中に背後から襲われるかもしれぬ。ゆえに洗うのは身体だけとする。髪は湯船に浸けなければ問題あるまい」

話がまとまり、ミュンデらは受付にて入浴料を支払った際に受け取ったタオルを泡立て、身体を洗っていく。そうして身体を清めたふたりは、いよいよ温泉に浸かることにした。

そろりと足を湯船に浸けた瞬間に痺れるような熱さが押し寄せ、ミュンデは悶絶する。

「くっ……！　こ、これは……思っていた以上だ……」

そろそろと足を入れていくが、あまりの熱さにおなかまで浸かることもできず、中腰のまま硬直してしまった。

「あら、そうですか？　わたくしはこれくらいがちょうどいいですわ」

湯船に肩まで浸かり、ティエラは気持ちよさそうに吐息する。

このままでは団長の名折れだ。ミュンデは覚悟を決め、一気に腰を下ろした。

「くっ……！　ふぅっ、わあ……ふぅぅ～……」

はじめは奥歯を噛みしめ苦しげにうめいていたミュンデだったが、表情が和らいでいく。

「あぁ、これは……たしかに、すごく……気持ちいい……」

とろんとした顔でミュンデはつぶやいた。あっという間に身体の芯まで温まり、緊張に凝り固まっていた筋肉が弛緩していく。まるで疲れが湯に溶けていくようだ。

「たしか、関節痛に効果があるんでしたわね」

「うむ。宣伝に偽りはないようだな。それに……魔族が我らに襲いかかる気配もない」

全裸の女騎士が近くにいるのに魔族たちは殺意を見せてこなかった。みんな幸せそうに表情を緩ませ、温泉を満喫しているのだ。

「あるいは、わたくしたちに気づいていないだけかもしれませんわね。湯気で視界が悪いですし、それにもしかすると仲間を——オークを呼びに行っている可能性もありますわ」

と、ティエラが語った直後だった。

ふいに戸が開かれ、オークの集団がやってきたのだ。

突然の出来事に硬直するミュンデとティエラ。

我に返ったとき、オークたちはすでに湯船を取り囲んでいた。

（殺される——！）

死を悟ったミュンデだったが、よく見るとオークはオークでも女性であり、それぞれが大きな板を手にしていた。

「これは……湯を冷ましに来たのか？」

ミュンデが震え声でティエラにたずねた直後、オークたちが歌いながら湯船をかき混ぜ始めた。

　波が立ち、ゆらゆらと揺れる湯船に子どもたちは大はしゃぎだ。女性の魔族たちは歌にあわせて手拍子しつつ、楽しそうに笑っている。

　その楽しげな雰囲気にほだされ、ミュンデは落ち着きを取り戻していく。

　どうやらミュンデ一行を殴り殺しに来たわけではなく、湯を冷ましに来たようだ。現に、ちょっとずつではあるが湯の温度が下がってきている。

　そうして三分ほど大きな板で湯船をかき混ぜたオークたちは客の拍手に見送られるなか、温泉をあとにしたのであった。

「……襲われませんでしたわね」

　引き戸が閉まったところで、ティエラがぼそりと話しかけてきた。

「女とはいえオークはオークだ。我らを辱めることはできぬだろうが、我らを殺すことはできたはず。だが、あの者たちは我らを襲わなかった」

「……つまり救世教会の教えは――史実は誤っていた、ということでしょうか」

「それは……」

　ミュンデは即答できなかった。

　しかしいくら考えても、オークに疑わしい要素は見当たらない。

「……認めるしかあるまい。オークは無害だ。我々人類の史実は……間違っていたのだ」

ついにミュンデはオークへの認識をあらためた。

口にすることに抵抗はあったが、一度認めると気が楽になってきた。

次の目的地では危ない目に遭うかもしれないが、オークが無害ということはオーク村は安全な場所ということになる。

そう考えた途端、ミュンデはわくわくしてきた。なにせオーク村には様々な温泉が存在するのだ。次はどの温泉に行こうかと考えるだけで楽しい気分になってくる。

せっかくの温泉街。明日の視察に備え、今日一日くらいのんびりしても罰は当たらないだろう。

「わたくし、実はマッサージとエステも体験したいと思っておりましたのっ」

ティエラも同じ結論に達したらしく、わくわくとした口調で話しかけてきた。

「私もだっ。動物が来る気配もないし、あと一〇〇秒数えたら上がるとするか」

そうしてふたりは快適な温度となった湯船に肩まで浸かり、一〇〇秒数えるのであった。

◆

遡(さかのぼ)ること一〇〇年前――。

オーク村を魔王(まおう)領屈指の温泉街にする策を思いついた颯馬は、村長にこんな提案をしてみた。

「――たとえばなんだけど、『熱さを楽しむ温泉』『景色を楽しむ温泉』みたいにすれば、お客さんも楽しんでくれるんじゃないかな。あとはインパクトのある通称がほしいかな。んっと……『黄泉めぐり』とかどう？」

「よいと思います」

「なら『黄泉めぐり』で決まりだね。あと、さっきも言ったけど、きみたちには定期的に湯船をかき混ぜてほしいんだ」

「注水ではなく、かき混ぜるのですか？」

颯馬はうなずき、

「『草津(くさつ)温泉』ってところがあるんだけどさ、そこもここと同じように高温温泉なんだ。ほかと違うのは、そこでは水を入れて冷ますんじゃなくて、大きな板でかき混ぜて温度を冷ましてるんだ。『湯もみ』っていうんだけど、大きな板でかき混ぜる光景は珍(めずら)しくてね。ショーとしてすごく盛り上がってるんだ。きみたちオークが大きな板で湯船をかき混ぜる光景は圧巻だし、名物になるに違いないよ」

ただ、と颯馬は真剣な口調で続ける。

「草津温泉では湯もみで冷ましてから入浴するけど、入浴中に湯もみをするのも面白いと思うんだ。そっちのほうが迫力あるし、ゆらゆら揺れる湯船に浸かるのは子どもにとって楽しいことだと思うしさ。もちろん苦情が来たらすぐに止めていいけどね」

「わかりました」

「よろしくね。あとは……そうだな、温泉以外の楽しみもほしいかな。ここはお世辞にも立地がいいとはいえないし、お客さんは歩き疲れてると思うしさ。マッサージして疲れを癒やしてあげると喜ばれるんじゃないかな」

「ふむ。マッサージといえば、おぬしのマッサージは極上の気持ちよさじゃったな」

颯馬は旅費を稼ぐため様々な仕事を経験した。そのなかにマッサージ業もあったのだ。

「ハイドラにしたマッサージは魔法を織り交ぜたものだから極上の気持ちよさだったんだ。技術的には拙いものだよ。それでも構わないなら、ぼくがマッサージの基礎を教えるよ。きみたちの指は大きいし、それにすごくまじめだから、すぐに上達するはずさ」

「おおっ、ぜひお願いします！」

「任せてよ。それとマッサージついでに言うと、ぼくの弟子のダークエルフたちが仕事を探してるから、ここで働いてみないか訊いてみるよ」

「仕事というと、マッサージですか？」

「マッサージはマッサージでも、美容マッサージだけどね。ダークエルフにはエステティシャンとして働いてもらうんだ」

アーガルドには色白の肌を持つエルフのほかに色黒の肌を持つダークエルフが棲息している。そして多くのダークエルフは色白のエルフにコンプレックスを抱いているのだ。

三年ほど前――ダークエルフの娘たちが颯馬に『どうか颯馬様のお力で我らに美白をお与えください。我らはエルフのように美肌になりたいのです』と懇願してきたことがある。

そこで颯馬は『本当の美肌というのは肌の色で決まるものじゃないよ。美肌かどうかは、はりとつやと透明感で決まるんだ』と告げ、美容マッサージを施してやった。

その効果にダークエルフたちは感涙し、肌に悩みを持つ魔族を救うためエステスキルを学びたいと、颯馬に弟子入りを志願したのだった。

「そういうことでしたら、こちらからもぜひお願いいたします」

「うん。ダークエルフがいてくれれば大勢の男性客を呼びこむことができるはずだよ」

ダークエルフはコンプレックスを抱いていたが、多くの魔族の女はダークエルフに対し劣等感を抱いているだろう。それくらい、ダークエルフは美しい見た目をしているのだ。

彼女たちを目当てにオーク村を訪れる男がいてもおかしくはない。さらにダークエルフのエステが有名になれば、女性客も集まるという寸法だ。

「そうだ。たしかこの村では木綿を育ててるんだったよね？」

「はい。我らの村は自給自足をしておりますので、農作物はもちろん衣類も自作しております」

「裁縫技術もあるってことだね。だったら『浴衣』という服を作ってほしいんだ。木綿は肌触りがいいし、浴衣は風通しがいいからね。温泉で火照った肌には打ってつけなんだ。作り方はぼくが教えるからね」

「はいっ、よろしくお願いします！」

と、そうしてオーク村の住人たちは颯馬の指揮の下、復興活動に取りかかる。

オーク村が魔王領屈指の温泉街となるのに、そう時間はかからなかった――……

◆

「おっせーよ、ばかっ！」

旅館に戻ったミュンデとティエラは、フレイヤの怒声に出迎えられた。瞳に涙を浮かべ、泣きそうな声で叫んでくる。

「こんな時間までいったいどこをほっつき歩いてやがった!?　なかなか戻ってこねーから死ぬほど心配したんだぞ!?」

ミュンデとティエラは微笑した。

「フレイヤは心配性だなぁ」

「お夕飯までには戻ると言ったではありませんの」

「ぎりぎりにもほどがあるだろっ！」

たしかに先ほど廊下にて女将たちが食事を運んでいる光景を目にしたが、『風の間』に運んだわけではない。つまり約束は守ったということになる。

まあ、のんびりしすぎたことは認めるが。

「喜べフレイヤ。オークは無害だったのだ。いや、オークだけではない。ほかの魔族もだ。少なくともこの村を訪れている魔族に害のある者はいない。我らが生き証人だ」

それでもこの報告を耳にすれば、フレイヤも機嫌をなおしてくれるはずだ。

「本当か？　思いこみじゃねーだろうな？」

「思いこみではありません。なぜならわたくしたちはマッサージを受けたのです。身体に触られましたが、いやらしい手つきではありませんでしたわ」

「オークのマッサージは極上の気持ちよさだったのだ。日々の修行で凝り固まった筋肉を、ときに優しく、ときに強く指圧して、見事にほぐしてくれたのだぞ」

楽しげに語り聞かせると、フレイヤはぎょっと目を見開いた。

「おめーらマッサージ受けたのか⁉　信じらんねえ！　相手はオークだぜ⁉　べたべたと身体を触られて、よく正気でいられるな！」

「卑猥な言い方をするな。マッサージとはそういうものだろう？　我らは身体を張って、オークの無害さを証明したのだ。責められるいわれはない」

「……まあ、遊び目的でマッサージを受けたわけじゃねえってことはわかったよ」

「わかってくれたか」

「ああ。けどな――エステは視察と関係ねーだろっ！」

「あら、気づきました？」

ティエラはつやつやとした頰に手を添え、嬉しげに笑う。

「やっぱりエステを受けて正解だったようですわね」

「私ははじめて体験したが、たった一度でこんなに変わるものなのだな。びっくりだ」

「ミュンデさん、鏡を見たとき『これが私……？』って驚いてましたものね」

「驚いたのはあたしだ！　ここは敵地だぞ⁉　魔王領なんだぞ⁉　なにのんきに美を追究してんだよ！」

「美を追究したかったのではない。エステも視察の一環なのだ。我らが身体を張ったから、ダークエルフが無害であることが証明されたのだぞ」

「そりゃそうかもしれねーけどよ……」

フレイヤはそこで黙りこんでしまう。ひとりだけ旅館にて待機していたことに負い目を感じているのだろう。

「失礼します」

と、そのとき廊下から女将の声が聞こえてきた。ミュンデが返事をすると戸が開かれ、女将と仲居オークたちが料理を持ってやってきた。

「お食事をお持ちしました」

そう言って、女将たちはてきぱきと食事の準備に取りかかった。鍋に火をかけて猪肉と野菜を入れ、ヤマメの串刺しを囲炉裏の灰に突き刺していく。

その傍らでは仲居らが膳を並べていた。囲炉裏料理とは対照的に、膳には質素な料理が載せられている。

そして膳の傍らに山菜や猪肉などが盛られた皿と軍手を置き、女将たちは部屋をあとにしようとする。

「この白い粒々はなんなのだ？」

ミュンデが呼び止めると、女将が振り向いた。

「それは米という、我々の主食です」

「ふむ。我らにとってのパンみたいなものか。ではこの匂いは？」

「それはお味噌の匂いです。本日の猪鍋は味噌ベースになっておりますので」

「ふむ？　味噌とはなんなのだ？」

「端的に言うと、大豆を発酵させたものです」

「つまりビーンズスープということですわね」

ティエラの解釈に、ミュンデは「そういうことか」とうなずいた。

「ところでスプーンが見当たらぬが……これは手で食べるものなのか？」

どう考えても火傷しそうなのだが……。熱さに強いオークならではの作法なのだろうか。

「もしかして、この二本の棒で掴んで食べるのでしょうか？」

そう語るティエラの手には、木製の棒が握られていた。

「はい。そのお箸で食べていただきます」

「なるほど、お箸というのか……。これは手先の器用さが試されそうだ」

「ご質問は以上でよろしいでしょうか？」

「うむ。呼び止めてすまなかった」

「いえ。では失礼します」

そうして、オークたちは部屋を去っていった。

しんと静まりかえった囲炉裏の間には味噌の香りが立ちこめている。バチバチと弾ける火の音が響き、炭火の香りがミュンデの食欲をかき立てる。

「……では、座るか」

ミュンデが促すと、フレイヤとティエラは囲炉裏のまわりに腰かけた。ふわふわの綿が詰まった座布団の座り心地は抜群だ。長時間座っていても、おしりは痛まないだろう。

「……あのさ」

と、フレイヤはおずおずと口を開いた。疑わしげな眼差しをふたりに向け、

「まさか……食わねーよな？」

ミュンデは小首を傾げる。

「もちろん食べるが」

「のぼせてんのか⁉　魔族の飯なんて毒入りに決まってるじゃねーか！」

「まあまあ落ち着いてくださいフレイヤさん。先ほど言ったではありませんか。オークは無害だと」

「一〇〇歩譲ってオークが無害だとしてもだな！　魔族から漏れる瘴気で魔王領の食材は

毒されてんじゃなかったのかよ⁉」

「それなのですが……、どうやら誤解だったようです。湯上がりの誘惑に負け、うっかりミルクを飲み、マッサージとエステを受けたあとに『温泉饅頭』というスイーツを食べてみたのですが、ご覧のとおり、わたくしはなんともありません。つまりわたくしは身体を張って、魔王領の食材がいかに安全かを証明したというわけですわ」

「だ、だからってこの飯が安全とは言い切れねーだろ！　食材は安全かもしれねーけど、調理中にオークが毒を入れた可能性だってあるじゃねーか！」

「それはない」と、ミュンデは断言した。

フレイヤがそうであるように、オークを警戒して食事に手をつけない可能性がある以上、毒殺は確実性が低い殺し方だ。一方、温泉にて丸腰のミュンデとティエラを襲っていれば確実に殺せていた。そうしなかったということは、オーク村の魔族に聖十三騎士団を殺す気はないということだ。

「なにより食べ物を粗末にはできぬ。その命に感謝し、残さず食べねばならぬのだ」

「それに見てください、この美味しそうな料理を。誰がなんと言おうと、わたくしは食事しますわ」

またしても二対一となったが、今回はフレイヤは折れなかった。

「勝手にしろっ！　どうなっても知らないからな！」

やけくそ気味に叫んだフレイヤは部屋の隅っこにまとめられたカバンを漁り、

「きゃあっ⁉」と悲鳴を上げた。

「どうしたのだ⁉」

「な、なんか動物が！　動物がっ！」

フレイヤはしりもちをつき、ぷるぷると震える指先でカバンを指さす。

「動物だと？」

怪訝な眼差しをカバンに向けると、そこから小動物が飛び出してきた。やわらかそうな毛並みとくりっとした黒い瞳を持つそれは――リスだ。

「ふむ。荷造りの際に忍びこんでしまったか？」

「忍びこむ隙があるとすりゃそのときだろうな。飯は盗み食いしてねーようだが……くそ、どうすりゃいいんだよこれ……」

人間慣れしているのか、リスは逃げだす素振りを見せなかった。ミュンデたちを見上げ、鼻先をひくひくさせている。

「責任を持って人間領まで連れ帰ってやったほうがいいだろう。幸い、食料はあるのだ。餌には困らぬ」

「踏んだり蹴ったりだぜ……」

ぶつくさ言いつつ壁に背を預けて座りこんだフレイヤは、干し肉を囓り始めた。それを横目に、ミュンデとティエラは食事を始める。

箸の使い方がいまいちわからず、何度か肉を鍋のなかに落としてしまったが、それでも数回目の挑戦で、ミュンデは無事に猪肉を口に運ぶことができた。

「うむっ。この猪肉――噛めば噛むほど旨みが滲み出てくるぞっ！　ちょっと硬めだが、噛みごたえがあって美味しいのだっ！」

「こっちの香の物も、さっぱりした味付けで美味しいですわ」

「おおっ、ほんとうだっ！　ぽりぽりしてて、とっても美味しいのだっ！　……ヤマメはそろそろ食べ時ではないか？」

「では、やけどしないように軍手をはめましょう。わたくしが取り分けますわ」

「感謝するのだっ。――あちちっ、はむはむ…………うむっ、おいひいっ！」

「塩加減が絶妙ですわね」

「だなっ。……ところで、食事が終わったらもう一度温泉に入らぬか？」

「あら、いいですわねっ。どうせならすべての温泉を制覇してみたいですわっ」

「まったくの同意見だっ。フレイヤもどうだ？」

「あ、あたしかっ？　あたしは……」

どこか羨ましそうに食事風景を眺めていたフレイヤは、迷うように目を伏せる。

「……お、温泉なんざ入るわけねーだろ！」

けっきょく断られ、ミュンデは残念そうに吐息した。

「そうか……。まあ、無理強いはせぬ」

「とっても気持ちいいのに、もったいないですわねぇ……。それはそうと、今度は浴衣を着てみません？　押し入れに入ってましたわよ」

「おおっ、それは名案だ！」

などと楽しそうにはしゃぎながら食事を堪能するミュンデとティエラ。そんなふたりを恨めしそうに眺め、フレイヤは塩辛い干し肉をしゃぶるのだった。

◆

夜が更け、オーク村が静寂に包まれた頃――。

颯馬は『触れあいの湯』を訪れていた。

月明かりに照らされた湯船に浸かり、気持ちよさそうに吐息している。

営業時間を終えているため利用者は颯馬だけ。本来は入浴できないことになっているが、颯馬が『温泉に入りたいんだけど』と頼んだところ、村長は快諾してくれたのだった。できることなら営業時間に利用したかったが、ミュンデ一行が颯馬のもとを訪れるかもしれなかったため夜更けまで部屋で待機していたのである。

（いまのところは順調だよね。やっぱり昔の経験が活きてるのかな）

温泉にて疲れを癒やしつつ、颯馬は思案に耽る。

かつて旅費を稼ぐためにテーマパークで働いたことのある颯馬は、そこで学んだことを旅行企画に取り入れたのだ。

たとえば人気テーマパークには独自の世界観が用意されていることが多い。その世界観に入りこむことで、ゲストは一層テーマパークを楽しむことができるのだ。

魔王領の観光地にはマイナーな場所も多いが、黄泉めぐりは老若男女が楽しめる施設だ。颯馬は最初の目的地を黄泉めぐりにすることで、ミュンデ一行の魔王領に対する警戒心を解してやり——『魔王領』というテーマパークの世界観に入りこませることで、この先の旅行を満喫してもらおうと計画したのだ。

失敗すればミュンデ一行は気乗りしないまま明日以降の旅行に臨んでいただろう。だが、そうはならないと颯馬は確信していた。なぜならダークエルフの話によると、ミュンデとティエラは温泉にマッサージにエステを満喫していたらしいので。

ただ残念なことにフレイヤの目撃情報はない。きっと宣言していたとおり『風の間』に引きこもったままなのだろう。

どうにかしてフレイヤにもオーク村を好きになってもらいたいのだが……。

（でもなぁ。無理強いするとよけいに嫌われちゃうかもしれないし……）

なにを楽しいと思うかは、ひとそれぞれだ。颯馬が楽しいと思っているからといって、フレイヤがそうであるとは限らない。楽しさを押しつければますます嫌われてしまうかもしれないのだ。

だが颯馬は自信を持って『黄泉めぐりは最高に楽しい観光地』だと言える。

ミュンデやティエラがそうだったように、なにかきっかけさえあればフレイヤにも黄泉めぐりの魅力を理解してもらえるはずなのだが……。

「……ん？」

と、垣根の向こうで木々がざわめき、颯馬は怪訝な顔をした。動物だろうかと思ったが、どうも様子が変である。

「くっそ……暗くてよく見えねー……」

かすかに声が聞こえてきたと思った矢先、がたがたと垣根が揺れ――どん、となにかが降ってきたのだ。颯馬はすかさず音のしたほうへ目を向けるが――ちょうど月が雲に隠れ、暗闇にまぎれてよく見えない。

そうしている間に衣擦れの音が聞こえ、ちゃぽんと水音が響いた。

「あっちぃ！」

と女の子の声が響く。

（……まさか）

颯馬が嫌な予感を覚えたまさにそのとき、月が雲から顔を覗かせ、侵入者が月明かりに照らされた。

そこには湯船に脚を浸け、熱さを我慢するように唇を噛みしめるフレイヤの姿があった。透き通るような白い肌は艶めかしく火照り、絹糸の如き銀髪は月の光で煌びやかに輝いて見える。小柄ながらも乳房は大きく、こぶりなおしりはきゅっと引き締まっていた。

「ちょ、フレイヤさん⁉　なにやってるの⁉」

一糸まとわぬ姿のフレイヤが視界に現れ、颯馬はのけぞった。フレイヤは咄嗟に颯馬を振り向き、かああああと顔を真っ赤に染める。

「ひゃあああ⁉」

悲鳴を上げ、垣根に立てかけていた聖槍を手に取るべく慌てて湯船を飛び出した。

つるっと転ぶ。

「危ないっ！」

颯馬は咄嗟に浮遊魔法を使う。フレイヤがふわりと浮かび、見えてはいけないところが颯馬の視界に飛びこんできた。

「なっ、なにしやがる！　お、降ろせ！　降ろせよっ！」

「落ち着いてフレイヤさんっ。そんなに暴れるとまた転んじゃうよ！」

「転んだほうがましだ馬鹿野郎！　いいからとっとと降ろしやがれ！」

このままでは本格的に嫌われてしまう。颯馬はおとなしくフレイヤを降ろしてやった。

フレイヤはすぐさま聖槍を手に取ると切っ先を颯馬に向ける。

「あたしを待ち伏せしてやがったのか⁉」

「予想外もいいところだよ！　ただ温泉に入ってただけだからっ！　あと、その……前、隠したほうがいいと思うけど」

颯馬が目をそらすと、フレイヤは悲鳴を上げてしゃがみこんだ。

「服着るからあっち向いてろ！」

「だけど……フレイヤさんは温泉に入りに来たんだよね？　だったら入るといいよ」

「のぼせてんのか⁉　魔王と混浴なんかできるわけねーだろ！」

「だいじょうぶ。ぼくは上がるから」

「まっ、待ちやがれ！　あたしは誇り高き女騎士だ！　魔王に借りを作ってたまっか！

魔王と混浴だぁ？　上等じゃねーか！　やってやんよ！」

まるで自分を奮い立たせるように威勢良く叫んだフレイヤは、濡れてしまわないように
聖槍を垣根に立てかけ、そろりと湯船に身を移した。

「ふんっ、ぬるま湯だな！　ちっとも熱かねーぜ！」

瞳に涙を浮かべ、唇を噛みしめ、ぷるぷると震えながらフレイヤが叫ぶ。

（ほんとに上がるつもりだったんだけどなぁ）

そうは言えない状況なので、颯馬は引き続き温泉を満喫することにした。

それにこれはフレイヤと一対一で話をする絶好のチャンスだ。

上手くやればフレイヤと親睦を深めることができるかもしれない。

などと颯馬が黙考していたときだった。

「ね、念のため訊いとくが……オークを潜ませたりしてねーだろうな？」

「ここにはぼくとフレイヤさんしかいないよ」

「そ、そうか……。いや、魔王とふたりきりってのもどうなんだ？　けど、オークがいる
よりましか……？」

湯船に肩まで浸かり、ぶつぶつと自問するフレイヤ。

「ぼくからも質問いいかな?」

「んだよ?」

「どうしてこんな夜中に温泉に? もちろん利用してくれるのは大歓迎なんだけど……。ここ男湯だし、それに垣根を乗り越えてまで入りたいんだったら、昼間に入ればよかったじゃない」

「昼間は寝てたんだ! べつに団長の話を聞いて羨ましくなったわけじゃねーからなっ」

「そっか」

ミュンデたちの話を聞いて羨ましくなったもののプライドが邪魔をして温泉に入るとは切り出せなかったのだろう。深夜なら誰にも見つかることなく温泉が楽しめると思ったに違いない。

「べつにやましいことをしてるつもりはねーが、あたしがここに来たことは誰にも言うんじゃねーぞ。すべて忘れろ。そしたら……あ、あたしの裸を見たことも許してやる」

「約束するよ。だけど鍵がかかっていたとはいえ、垣根をよじ登るのはどうかと思うな」

「べ、べつにいいだろ! 垣根は壊れちゃいねーんだからよっ」

「垣根の心配をしてるんじゃない。フレイヤさんの心配をしてるんだ。怪我しちゃったら大変でしょ」

「そ、そっちかよ……。まさか魔王に心配されるたぁ思わなかったぜ……」

　意外そうに目を丸くして、小さな声でもごもごしゃべるフレイヤ。ややあって、彼女は探りを入れるように訊いてきた。

「……ところで、てめーにひとつ確認してーことがあるんだが」

「確認したいこと？」

「ああ。その……てめーはエリュト岬で言ったよな。魔族はてめーに無断で人間領に立ち入れないって。てめーは、これまで何人の魔族に許可を出してきたんだ？　一〇〇〇か？　二〇〇〇か？」

「一だよ」

「た、たったそれだけ……？」

「うん。ちなみにこれは今日ぼくと一緒に人間領を訪れた魔族――ハイドラだよ」

「そうか……。嘘をつくなら、もちっとまともな嘘をつくよな……。じゃあ、じゃあいったい誰がパパとママを……」

「？　なにか言った？」

　小声でしゃべっていたためよく聞き取ることができなかった。深刻な顔をしているし、なにか大事なことを言ったのかもしれない。

「な、なんでもねーよっ」

「そう……」

気になるが、無理やり聞こうとすると嫌われてしまいそうだ。

颯馬は話題を変えることにした。

「それで、ほかに聞きたいことはある？」

「ふんっ。これ以上魔王と話すことなんか……」

と、フレイヤは黙りこんだ。先ほどのように言いたくないわけではなく、言いたくても言えない、といった様子だ。おおかたプライドが邪魔をしているのだろう。

「なにかあるんだね？」

颯馬が聞き返すと、フレイヤは恥(は)ずかしそうにうなずいた。

「……マッサージとエステは、もうできねーのか？」

「うーん。どっちも営業時間は終わってるから、ちょっと難しいかな……」

「そ、そうか……。ま、まあべつにどーでもいいけどなっ」

口では気丈(きじょう)に振る舞(ま)っているが、残念がっているのは一目瞭然(いちもくりょうぜん)だった。せっかく旅行に来ているのだ、どうせなら悔(く)いのない旅にしてほしい。

そこで颯馬は提案してみることにした。

「まあエステは道具がないから難しいけど、マッサージならぼくがしてあげられるよ」

「て、てめーがあたしにマッサージをするのか⁉」

「うん。もちろんフレイヤさんさえよければだけどね」

颯馬が決定権を譲ると、フレイヤは思案顔になった。すぐに拒絶しないということは、よほどミュンデたちの自慢話が羨ましかったのだろう。

「……よく考えてみりゃ、マッサージ師はオークなわけだよな。それよりは、まだ魔王のほうがましか？　ああくそっ、究極の選択だぜ……」

ぶつぶつとつぶやいていたフレイヤは、やがて意を決したように言う。

「てめーのマッサージは、その……気持ちいいのか？」

「うん。すごく気持ちいいよ」

颯馬は、自信ありげにうなずいた。

◆

「こ、紅竜は一緒じゃねーんだな」

颯馬の泊まる『森の間』を訪れたフレイヤは、びくびくしながら部屋を見まわしていた。ミュンデ一行の部屋より一回りほど小さい板張りの間には布団が敷かれ、それを目にしたフレイヤはますますドキドキする。

「ハイドラは『火の間』で眠ってるよ」

「ま、まあガキは寝る時間だしな。べつに紅竜がいようがいまいがどうでもいいけどさ」

実際のところ、全然どうでもよくなかった。

マッサージしてほしさに颯馬の部屋を訪れたが、男の寝室を訪れたのははじめてのこと。仮に颯馬が魔王ではなく人間だったとしても、同じようにフレイヤは緊張していただろう。

魔族とはいえ女のハイドラがいてくれれば幾分か緊張もほぐれていただろうが、まさか『男とふたりきりなのは怖いからハイドラを呼んでほしい』とは口が裂けても言えない。

(け、けどまあ、こいつは裸のあたしを見てもえっちなことしてこなかったし……きょ、今日くらい信用してやってもいいんじゃねーかな？)

などと自分に言い聞かせ、荒ぶる心臓を落ち着かせようと試みる。

「それじゃ、まずは布団に寝転がってもらえるかな」

「冗談じゃねーぜ！　そーゆうのは好きな奴とするもんだろうが！」

「ええと……マッサージするだけだよ？」

困惑の表情を浮かべる颯馬に、フレイヤは顔が熱くなるのを感じる。

「し、知ってるっつーの！　てめーは冗談も通じねえのかよっ！」

「鬼気迫る顔だったけど……」

「うるせえっ！　……で、どういうふうに寝ればいいんだよ？　仰向け？　うつぶせ？」

「うつぶせだね」

言われて、フレイヤは枕元に聖槍を置くと、布団の上にうつぶせになる。そうすると、再びドキドキしてきた。

寝転んだ拍子にショートパンツがずれ、下着が見えてしまっているのではないだろうか。颯馬におしりを見つめられているのではないだろうか。急に覆い被さってこないだろうか。

卑猥な妄想が脳裏をよぎり、フレイヤは泣きたくなってきた。けれど泣きだすわけにはいかず、

「へ、変なとこ触りやがったら承知しねーからな！」

怒鳴って不安を紛らわすことしかできないのだった。

「逆にどこなら触っていいの？」

「んなもんてめーで判断しやがれ！」

「わ、わかったよ……」

颯馬は四つん這いの姿勢になり、フレイヤに跨がった。フレイヤはぎゅっと目を瞑り、びくびくと身体を震わせる。

（こ、これはマッサージだ。えっちなことじゃねえ！　そ、それに十三聖器は――聖槍は手の届くところにあるんだ！　いざとなったらこいつで魔王を――）

ぐっ。

「ひゃんっ⁉」

いきなり腰に刺激が走り、フレイヤはびくんっと背中を弓なりに反らした。

「て、てめっ、あたしになにをひぎッ⁉」

腰を指圧された瞬間、またしてもビリビリとした刺激が全身を駆け巡った。颯馬の指が触れると、いままで感じたことのない快楽の大波が押し寄せ、悶えてしまうのだ。

フレイヤは下腹部を布団に押しつけ、颯馬の指先から逃れようとする。

「お、おいっ。これほんとにマッサージか⁉　べつのことしてんじゃねーだろうな⁉」

「正真正銘のマッサージだよ。まあ、ぼくのマッサージは一般的なものとは違うけどね。実は魔法を使ってるんだ」

「ま、魔法だと⁉」

「うん。もちろん身体に害はないよ。治癒魔法の一種だからね」

颯馬は手に魔力をこめているらしい。その手で人体に触れると血行を促進させ、こりを解消できるのだとか。

さらに筋肉を刺激することで脳内から快楽物質がどばどばと放出され、ストレスを解消させることができるらしい。

「それにしても、けっこう凝ってるね。マッサージのしがいがあるなぁ。これは長丁場になりそうだ」

颯馬の指が腰から背中、そして肩へと這い上がってくる。

指が頭に近づくことで脳内から放出される快楽物質も増すのだろうか。瞬く間に気持ちよさが増幅していき、フレイヤの思考がぐちゃぐちゃにかき乱される。

変な声がもれてしまわぬように唇を噛みしめていると、颯馬がぎゅっと肩を掴んできた。

「ンふ……っ⁉」

首のつけ根を指圧され、フレイヤは堪らず熱い吐息をもらしてしまった。

あまりの快楽によだれが垂れる。だが、フレイヤにそれを拭う気力は残されていない。

颯馬の指先が肌に触れるたびに身体がびくびくと痙攣し、思うように手足を動かすことができないのだ。

（へ、変な声出るの……恥ずかしいのに……！）

唇を噛みしめ、ぎゅっと目を瞑り、快楽に抗おうとする。
だが、無駄な抵抗だった。
こんな快楽に抗う修行など、フレイヤはしたことがないのだ。
気持ちよさは瞬く間に増していき、意識を保つので精一杯だ。
「や、や、や……も、もぅ、らめらってばぁ……」
口では抗いつつも、内心ではマッサージを受け入れてしまっていた。
――もっと触ってほしい！
――もっと気持ちよくしてほしい！
フレイヤが快楽のとりこになるまで、そう時間はかからなかった。
……マッサージが終わったのは、それから一時間後のことだった。
全身汗まみれになり、ぐったりと布団の上に横たわるフレイヤに起き上がる気力はなく
――
彼女の意識は、そのまま落ちていったのだった。

《 第三幕　どろどろの縄張り 》

旅行二日目の朝――。

颯馬が目覚めて最初に目にしたものは、顔を紅潮させたハイドラの姿だった。

「な、なぜわしの布団で寝ておるのじゃ？」

昨夜の出来事を知らないハイドラは、颯馬が布団に忍びこんでいることに動揺しているようだった。

「えっとね、実は――」

さすがに説明しないわけにはいかないため、颯馬は昨夜の出来事をかいつまんで話して聞かせる。といっても温泉にてフレイヤと鉢合わせた件については恥ずかしいため、温泉ではなく廊下で鉢合わせたことにするが。

「――というわけで、年頃の女の子と同じ部屋で眠るわけにはいかないから、ハイドラの部屋で寝ることにしたってわけ」

事情を語ると、ハイドラは複雑そうな顔でため息をついた。

「フレイヤとの同衾はだめで、わしとの同衾はよいのか……。ま、まあしかし同じ布団で眠れたわけじゃし、それはそれでよい……のじゃろうか？」

難しい顔でぶつぶつと自問するハイドラ。真剣に考え事をしている様子だったので邪魔しては悪いと思い、颯馬はそっと部屋をあとにした。

そのままの足取りで温泉にでも行こうかと思ったが、

（フレイヤさんを起こさないと、ミュンデさんたちを心配させちゃうよね）

思いとどまり、颯馬は『森の間』の戸を開く。と、フレイヤが放心状態といった様子で布団の上に座りこんでいた。

「起きてたんだね」

「――っ！」

颯馬の入室に気づくやいなや、フレイヤは顔を真っ赤にした。ずりずりとおしりを擦るようにして部屋の隅っこまで逃げ、颯馬を指さす。

「お、おおおおい！　なんであたしはてめーの部屋で寝てんだ⁉　昨日なにがあった⁉　あ、あたしは……て、てめーと……そ、その……あ、愛しあっちまったのか……？」

あわあわと口元を震わせパニック状態に陥るフレイヤに、颯馬は落ち着きを促すような口調で経緯を説明する。

マッサージをしたあたりから記憶が朧気になっていたのだろう。最初は盛大に戸惑っていたフレイヤだが、話が終盤に差しかかるにつれて顔に安堵の色を広げていく。

「つ、つまりあたしがてめーの部屋で寝落ちしちまったから、てめーは紅竜の部屋で寝た……ってことでいいんだな？」

颯馬がうなずくと、フレイヤは安心したようにため息をついた。

「よかったぁ……。こんな形で大事なもんを失うとか、ぜってーにごめんだからな……」

「そんなっ！　十三聖器を盗もうだなんて思ってないよ！」

「そっちじゃねーよ！　ま、まあ十三聖器も大事だけどよ……」

「十三聖器じゃない？　ほかにフレイヤさんの私物は見当たらないけど、大事なものってなんなの？」

「言えるかっ！」

ぴしゃりと怒鳴り、フレイヤは疲れたように嘆息する。

「ったく。朝っぱらから嫌な汗かいちまったじゃねーかよ……」

ぱたぱたと手で顔を扇ぐフレイヤ。透き通るような白い肌はしっとり汗ばみ、小窓から差しこむ朝日を受けて艶めかしい光沢を放っている。

「だったら温泉に入るといいよっ！　朝の爽やかな空気のなかで入る温泉は最高に気持ち

いいんだよっ」

颯馬はここぞとばかりにセールストークをする。

「うーん……。いまは温泉って気分じゃねーな」

「そっか……。だったら散歩するとかどうかな？　軽く歩いてお腹を空かせたほうが、朝ご飯も美味しく感じられるよっ！」

「散歩か……」

フレイヤは興味を惹かれたように顔を上げ、窓を開けた。

涼しい風が吹きこみ、繊細な銀髪がふわりとなびく。

硫黄の臭いが風に乗って運ばれてきたが、オーク村に一日滞在したことで臭いに慣れたのか、フレイヤは顔をしかめなかった。

だが、不安げに瞳を揺らしている。

（やっぱり、オークが怖いのかな……）

オークは働き者だ。すでに活動しているだろうし、早朝とはいえ散歩をすればオークと出会うことになる。

フレイヤはオークとの接触を怖れているのだろう。

（だけど……昨日と違って、フレイヤさんは穏やかになってるよね）

　昨日、フレイヤは颯馬に対して敵意を剥き出しにしていた。

　しかし今日のフレイヤは颯馬に敵意を見せていない。

　仮に颯馬への敵対心が残っていればマッサージを受けたりしないし、こうやって普通に会話をすることすらできないだろう。

　本当に颯馬を警戒していれば、一目散に仲間がいる『風の間』に逃げていたはずだ。

（……フレイヤさんは、ぼくのことを信用してくれてるのかな？）

　だとすると、颯馬と一緒なら安心して散歩できるのではないだろうか。

「……ぼくと一緒に散歩しない？」

　颯馬が期待をこめてたずねると、フレイヤは迷うように目を伏せた。即座に拒絶しないということは、やはりフレイヤは颯馬への認識をあらためつつあるようだ。

「魔王と散歩か…………しゃーねえ。ふたりが身体を張ってオーク村を調査したんだ。あたしだって身体を張らねーとなっ！」

　自分を奮い立たせるようにそう言うと、フレイヤは聖槍を手にして立ち上がる。そんなフレイヤを伴って、颯馬は旅館を出たのであった。

古風な建物が並ぶ通りを歩きつつ、フレイヤは物思いに耽っていた。

（勢いで出てきちまったが、まさか魔王とオーク村を散歩することになるたぁな……人生、なにが起こるかわかんねーもんだぜ）

魔族と戦うため日々修行に励んできたが、魔族とは一〇〇年ものあいだ交流がなかった。戦争に備えて修行しつつも、魔族と交流する日が訪れるとは思っていなかったのだ。

それがいまでは怖くてしかたがなかったオーク村を訪れているし、おまけに横を歩いている男は魔王である。

人懐っこい笑みを浮かべ、先日長老が八〇歳の誕生日を迎えただの、今年は豊作だの、平和なことを抜かしている。

まったくもって魔王らしくない男だ。

（らしくねーって意味じゃ、魔王領も、あたしが思い描いていた場所とはまるで違うな）

昨日までは、魔王領は年中暗雲に覆われ、大地は荒れ果て、禍々しい姿をした生き物が跋扈しているという救世教会の教えを信じて疑わなかった。

けれど実際に魔王領を訪れてみて、フレイヤの認識はがらりと変わった。

魔王領は平和で魅力的な場所なのだ、と。

（魔族は、あたしが思ってたような連中じゃなかった。それに昨日の話……パパとママは、魔族に殺されたんじゃねーのかよ？）

六歳の誕生日を迎える前日――。誕生日プレゼントに思いをはせながら両親と夕ご飯を食べていたとき、突然フレイヤは気を失った。目覚めたときには朝を迎えており、両親は惨殺されていた。

六歳の誕生日を迎えたその日に孤児となったフレイヤは、その後すぐに救世教会に引き取られ、フレイヤが気を失ったのは魔法を使われたからであり、つまり両親を殺したのは魔族であると教えられた。

最初の頃は魔族への復讐に囚われていたが、年を取るにつれてフレイヤは子どもたちの生活を守りたいと思うようになった。子どもたちが魔族の脅威に怯えずにすむ世界を作るため、つらい修行に耐えてきたのだ。

だが、颯馬は魔族に人間領へ行く許可を出していなかった。それが本当なら、いったい両親は誰に殺されたのか。そしてなぜ、犯人はフレイヤの命を奪わなかったのか。

いずれにしても、両親を殺した犯人はいつか必ず捕まえてみせる。

「あの……ぼくの話、そんな難しい顔するほど面白くない？」

心の中で誓っていると、颯馬が不安げに話しかけてきた。まるで捨てられた子犬のような眼差しで見つめられ、フレイヤはちょっとだけ罪悪感を抱いてしまう。

「聞いてるぜ。ったく、平和なことばかり抜かしやがって。てめーみたいなのが魔王じゃ、魔王領が平和になるのもうなずけるぜ」

軽口を叩いてやると、颯馬はぱあっと顔を明るくした。

「そうなんだよっ！　魔王領はすっごく平和な場所なんだ！　わかってくれて嬉しいよっ。ありがとフレイヤさん！」

ストレートに好意をぶつけてくる颯馬に、フレイヤは照れたように髪をかいた。

「ったく、子どもみてーに笑いやがって。つくづく魔王らしくねーな。……こりゃもう、魔王とか呼んでられねーぜ。こ、これからは魔王じゃなくて、颯馬って呼ぶしかねーな」

言いながら恥ずかしさがこみ上げ、顔が熱くなっていく。

フレイヤの思い描いていた魔王は恐ろしく残忍で、血も涙もない怪物だった。

けれど、そんな怪物はこの世に存在しなかった。空想の産物だったのだ。

その事実を認め、受け入れるために、フレイヤは『魔王』という呼称を使わないことにしたのであった。

「うんっ。そうしてくれるとぼくも嬉しいよ！」

「だ、だから喜びすぎだっつの！　……あたしに名前で呼ばれることが、そんなに嬉しいのかよ？」

「もちろんさ！　フレイヤさんとの距離が縮まった気がして、すごく嬉しいよ！」

まっすぐに好意を向けられ、フレイヤは照れくさそうに目を背けた。

「そ、そうかよ。そりゃよかったな」

いまこの瞬間、フレイヤのなかで結城颯馬は魔王ではなく、ただの旅行好きな男の子になった。

そして認識をあらためた途端、フレイヤの心臓は高鳴りだした。

マッサージとはいえ異性にべたべたと身体を触られたのだと思うと恥ずかしさのあまり顔から火が出そうになる。

（涼みに出たつもりが、よけいに熱くなってきやがった……）

颯馬とふたりきりで歩いていると心臓が爆発してしまいそうだ。

じきにミュンデたちも起きるだろうし、旅館へ戻ったほうがいいだろう。

「ちゃんと前見て歩かないと転んじゃうよ。このあたりは土が盛り上がってるからね」

颯馬と目を合わすまいと意識するあまり、うつむいてしまっていたようだ。フレイヤがほんのり赤らんだ顔を上げると、前方から女の子が歩いてきていることに気がついた。

ダークエルフの子どもだろうか。褐色の肌と長い耳を持つ女の子は、細腕にこんもりと野菜の盛られたかごを抱えていた。

（あんな小さい身体してるってのに、よく運べるな。オーク並みの怪力じゃねえか）

などとフレイヤが感心していると、

「あっ、魔王様！」

女の子が満面の笑みで駆け寄ってきた。オーク村を復興させた颯馬は、一〇〇年経ったいまでもオーク村の住人たちに慕われているのだ。

「あうっ」

女の子が盛り上がった土につまずき盛大に転んだ。ごろごろと野菜が道に転がり、泣きそうな顔をする。

「だ、だいじょうぶかっ⁉」

フレイヤが慌てて駆け寄ると、女の子は地面にぺたんと座りこみ、涙目で見上げてきた。

「いひゃい……」

「前を見ずに歩くからだぜ。ってか、地べたに傷口つけんじゃねーよ。ばい菌入っちゃうだろ。ほら、脚伸ばせ」

「んっ」

女の子はこくんとうなずき、素直に言うことを聞いた。偉いぞ、と頭を撫でてやると、くすぐったそうに目を細める。

「これくらいなら治癒魔法で治せるよ」

まじまじと傷口を見てそう言うと、颯馬は膝に手を近づけた。患部が淡い光に包まれ、あっという間に傷口が塞がっていく。

「これでもうだいじょうぶだよ」

「ありがとー魔王様っ！　お姉ちゃんもありがと！」

元気よく立ち上がる女の子だったが、痛そうに顔をしかめている。

治癒魔法によって傷は癒えたが、痛みは残っているのだろう。

「しゃーねえな。家までおんぶしてやるよ」

「だけどお野菜、マルカさんのとこに持っていかなくちゃ……」

「安心しろ、野菜なら颯馬が運んでくれるからよ」

「えっ、だけど魔王様だよ……？」

常識的に考えれば、魔王領の王たる颯馬を使いっ走りにするなど許されることではない。フレイヤがイメージしていた魔王なら、怒り狂って村ごと焼き払っていたはずだ。

だが、結城颯馬は極悪非道の魔王ではない。

その証拠に颯馬は嫌な顔一つせず野菜を拾い集めてかごを抱え、「マルカさんのとこに届ければいいんだね」と女の子に確認を取っていた。

オーク村に詳しい颯馬なら知っていると思っていたが、やはり届け先に心当たりがあるようだ。

「ついでにこれも預かっといてくれ」

フレイヤは颯馬に十三聖器を差し出した。颯馬が困惑顔で見つめてくる。

「えっ、でもそれ、大事なものなんじゃ……」

「いいから持てって。武器を持ったまま子どもをおんぶするわけにゃいかねーだろ。……昨日は散々悪口言ったけど、いまはてめーを信じてんだからよ」

照れくさそうに告げると、颯馬がはち切れんばかりの笑顔を見せてきた。

「うんっ！　大事に扱わせてもらうからね！」

「ったりめーだ。もちろん野菜も大事に扱えよなっ」

そう言って颯馬を見送ったフレイヤは女の子をおんぶする。

「そんじゃ、家まで案内してくれ」

それからフレイヤは女の子の指示通りに道を進み、彼女の家のほうへと向かう。その道中、すっかりフレイヤに懐いてしまった女の子が背中から親しげに話しかけてきた。

「おねーちゃんは騎士団のひと？」

「ああ、そうだぜ」

「じゃあ昨日はお野菜たくさん食べてくれたっ？」

「お野菜？」

「うんっ。昨日、お夕飯にたくさんお野菜出たでしょ？　あれね、うちの畑で採れたんだよっ！　美味しかった？」

期待のこもる声で問われ、フレイヤは罪悪感に苛まれた。

――『魔族の飯なんて毒入りに決まってるじゃねーか！』

昨夜口にした台詞を思いだし、自己嫌悪に陥る。

「美味しくなかったの……？」

泣きそうな声で囁かれ、フレイヤは慌てて首を振る。

「そ、そんなことねーよっ！　あたしの仲間はがつがつ喰ってたぜ！　すげえ美味いってべた褒めだったからな！」

嘘はついていないが、罪悪感は拭いきれない。

（朝飯は残さず食べねーとな）

フレイヤが誓っていると、女の子が「あっ！　ここがわたしのお家だよ！」と声を張り上げた。

「ここか……」

そろりと女の子を地面に下ろし、フレイヤは顔を上げる。古めかしい建物には『オーク物産展』と看板が掲げられ、軒先には商品を並べるオークの姿があった。

「パパっ！」

女の子が満面の笑みでオークのもとへ駆け寄り、屈強な身体にぎゅっと抱きついた。

「ぱっ、パパだぁ⁉」

その言動を見て、フレイヤは驚声を上げてしまう。てっきり父母ともにダークエルフと思っていたが、オークとダークエルフのハーフということだろうか。などと考えていると、娘から経緯を聞かされたオークがフレイヤのもとへ歩み寄ってくる。

オークへの敵意は失ったが、苦手意識は健在だ。迫り来るオークを前にしてフレイヤはおどおどしてしまう。だが――

「娘を助けていただいたようで、なんとお礼を言えばよいやら……」

深々と頭を下げられ、オークへの苦手意識は吹き飛んでしまった。

彼の挙動を見れば、愛情を持って子どもを育てているのは一目瞭然である。救世教会はオークを血も涙もない残虐な種族だと語っていたが、それは大きな間違いだったのだ。

オークだって――魔族だって、愛情を持っている。

見た目こそ違えど、魔族は人類となにも変わらないのだ。

「気にすんな。子どもを助けるのはあたりめーのことだ。んじゃ、邪魔しちゃわりーし、もう行くわ」

「ああっ、待ってください！」

フレイヤを呼び止めたオークは軒先に展示していた手ぬぐいを手に取ると、差し出してきた。

「娘を助けてくださったお礼です。受け取ってください」

花柄の刺繍が施された木綿の手ぬぐいを一瞥し、フレイヤはオークを見上げる。

「いいのか？」

「もちろんです」

真剣な眼差しで告げられ、フレイヤは手ぬぐいを受け取った。

「ありがとな。……ほんと、大事にするよ」

フレイヤはまるで宝物でも扱うように手ぬぐいを胸に抱きしめ、本当に嬉しそうにほほ笑むのであった。

◆

まだ朝の涼しさが残っているうちに次なる目的地へと向かうことにしたミュンデ一行はオークたちに見送られ、清々しい気持ちでオーク村をあとにした。

「部屋にいねーと思ったら、まさか朝っぱらから温泉に入ってるたぁな。ふたりとも旅を満喫しすぎだぜ」

「そういうフレイヤこそ、朝食は三回もおかわりしていたではないか」

「昨日はあんなに嫌がってましたのに、どういう風の吹きまわしですの？」

「あたしにもいろいろあんだよ」

「いろいろとは？」

「秘密だ。てめーもぜってーに言うんじゃねーぞ、颯馬」

「わかってるよ。あれはふたりだけの秘密だよね」

「そ、そういう意味深な言い方すんじゃねーよっ！　誤解されちまうだろっ」

「むぅ。オークへの苦手意識を克服するばかりか、魔王とも親しくなるとは……。まさか貴様、フレイヤによからぬ魔法をかけたのではあるまいな？」

「ちげーよ！　あたしは自分の意思でオークへの誤解を解いたんだ！　そこに颯馬は関係

ねえっ！」

「魔王を庇うだなんて……。本当に、なにがあったのでしょう？」

「わからぬ。……だが、フレイヤが自分の意思で決めたことなら、私はそれを尊重するぞ。我らは仲間なのだからな」

そんなふうに会話をしながら、ミュンデ一行は颯馬に続いて森のなかを歩いていく。


――そんなミュンデ一行を見つめる姿が、二つあった。


一つはフレイヤの肩に乗り、もう一つは上空に浮いている。前者は荷物に紛れて旅行についてきたリスであり、後者は空飛ぶ獅子ことグリフォンに跨がった女の子である。

歳は一四、五といったところか。シスター服を身に纏った華奢な娘だ。

整ってはいるが幼さの残る顔立ちは、ろくなものを食べていないのか頬がこけて不健康そうに見える。ぱさついた髪を三つ編みにまとめた彼女は、くまに彩られたうつろな瞳でミュンデ一行を眺めていた。

「聖十三騎士団はオーク村を発ちました。次なる目的地へ向かうようです」

ミュンデ一行が木々に隠れて見えなくなったところで、女の子はぼそりとつぶやいた。

まるで誰かに報告しているような口調であり――実際それは報告だった。

女の子は枢機卿に聖十三騎士団を監視せよと命じられ、一日遅れでミュンデ一行に追いついたのだ。

もっとも、到着が一日遅れたとはいえ、監視の任務はきっちりと果たしているが。

「……はい。次の目的地はいまだ明かされておりません。……かしこまりました」

上空三〇〇メートルに浮かぶ女の子。そこからだとミュンデ一行の声はもちろん姿さえ確認することはできないが――彼女の目はミュンデ一行の姿を捉えているし、彼女の耳はミュンデ一行の声を聴き取っていた。

「……はい。ミュンデとティエラは羽目を外していました。フレイヤに至っては、魔王をはじめすべての魔族に対して好意を抱いている様子です。……粛清しますか？」

淡々と語る彼女の周囲に人影はない。

けれど、それは報告として成立していた。

彼女、救世教会に秘密裏に仕える異端審問官キャロルの声は、遠く離れた人間領にまで届いているのだから。

◆

アーガルド大陸北部を治めるアクィルス王国――。その北東部に位置するバランシェは、白塗りの建物が目立つ救世都市だ。

救世都市とはその名のとおり、救世教会が絶大な影響力を持つ都市だ。それゆえ都市の中心部には王族の住まう宮殿が霞むほどの荘厳な造りをした建造物が聳え立ち、神秘的な雰囲気に包まれている。

救世教会第三支部、レンディア聖堂だ。

信仰の場として人々の尊崇を集める聖堂には、昼夜問わず多くの人々が出入りし、世界平和の祈りを捧げている。

そんな人類の平和と安寧を担う聖堂――。

その地下室に、三つの人影があった。

男がふたりに、女がひとり。

そしてふたりの男は、ボロ布を纏った娘へ冷ややかな眼差しを向けていた。

ひとりは白髪に白髭をたくわえた老人。この地域一帯の教会を取り仕切る大司教であり、もうひとりは長身に精悍な顔立ちをした若い男だ。

彼こそは聖十三騎士団団長を娘に持ち、若くして枢機卿にまで上り詰めた男。ハリエル卿であった。

数年前から病床に伏せている教皇を除けば、救世教会の頂点に君臨する男である。

父と子ほどの年の差があり、アクィルス王国近隣の教会を取り仕切る大司教とはいえ、ヘリエル卿には頭が上がらない。

これを機に枢機卿に取り入り、さらなる地位向上を目論んでいるのだろう。担当教会の第三支部にてヘリエル卿を歓迎した大司教は絢爛豪華な宴の席を用意していたようだが、ヘリエル卿は宴には一切の関心を示さず、ただ一言『キャロルはどこだ』とだけ口にした。

大司教は宴に集まっていた司祭たちを教会から閉め出すと、ヘリエル卿を執務室へ通し、そこから地下室へと案内したのであった。

蝋燭の明かりに照らされた地下室には、すでに先客がいた。

それこそが、ボロ布を纏った幼い娘であった。

「聖十三騎士団はどうしている？」

厳かな口調で問いかけるヘリエル卿に、娘はうつろな瞳を向けた。

しばし間があり、こう応える。

「聖十三騎士団はオーク村を発ちました。次なる目的地へ向かうようです」

まるで近くから聖十三騎士団を見ているような言い方であり——実際のところ、彼女は複数視点でミュンデ一行を監視していた。

そんな人間離れした技ができるからこそ、ヘリエル卿はキャロルに重要な任務を与えたのだ。

「次なる目的地とは？」

「……はい。次の目的地はいまだ明かされておりません」

「ならばわかりしだい報告しろ」

「かしこまりました」

「して。聖十三騎士団の様子はどうだ？」

「……はい。ミュンデとティエラは羽目を外していました。フレイヤに至っては、魔王をはじめすべての魔族に対して好意を抱いている様子です」

「ま、まさか聖十三騎士団が魔族に寝返ったとでもいうのかッ⁉」

大司教が声を荒げる。その声を耳に留め、娘の瞳に殺気が宿る。

「粛清しますか？」

粛清。

つまり彼女は人類の救世主たる聖十三騎士団を葬り去ると発言したのだ。

人々が聞けば糾弾されるに違いないが、ヘリエル卿は冷静に応じた。

「聖十三騎士団にはまだ利用価値がある。奴らを殺すのは最終日――魔王領を発つ直前だ。それまでは任務遂行に心血を注げ」

ヘリエル卿はキャロルに二つの任務を与えていた。

一つはミュンデ一行を監視し、それをヘリエル卿に逐一報告すること。

そしてもう一つは――

「貴様の力で、なんとしてでも聖十三騎士団に魔族を虐殺させろ。そして戦争の引き金を引かせるのだ」

ヘリエル卿が口にした台詞に、大司教は驚かない。

この計画――戦争再開の企ては、大司教以上の位階を持つ教会関係者にとっては周知の事柄であり、悲願とも言えることなのだから。

救世教会は魔族の侵攻を受けた地へ迅速に女騎士を派遣したことで、民衆からの絶大な支持と王にも勝る権力を手にした。

それゆえ教会上層部は戦争終結に伴って民衆からの支持が落ち、権力が失われることを恐れていた。

教会の威光（いこう）を保つためにも、人間と魔族には未来永劫（みらいえいごう）争（あらそ）ってもらわねばならないのだ。

その大望（たいもう）を成就（じょうじゅ）させるためにもミュンデ一行には魔族を虐殺してもらわねばならないが――聖十三騎士団が人類の平和を守るための組織であることを考えると、よほどのことがない限り戦争の火種になるような行動を取ることはないだろう。

ゆえにヘリエル卿は『よほどのこと』を起こすため、キャロルを派遣したのである。

「我らの大望成就を、小娘（こむすめ）ひとりに任せてよいものでしょうか？」

大司教が不安げに問うてくる。

おずおずとたずねてくる大司教に、ヘリエル卿は首肯（しゅこう）する。

「案ずるな。キャロルには此度（こたび）の計画に打ってつけの力が備わっておる」

「憑依魔法（ひょういまほう）……ですか？」

キャロルは人間でありながら魔力を宿し、魔法が使える特異な存在だ。

とはいえ、生まれつき魔法が使えたわけではない。

戦時中に蒐集（しゅうしゅう）した魔族の細胞（さいぼう）を身寄りのない子どもに移植し、人工的に作り上げた生体兵器（ゴーレム）なのだ。

そのほとんどは細胞移植時に拒絶（きょぜつ）反応を起こして死に至ったが、死を乗り越（のこ）えた者には魔力が宿り、その魔力の質に応じた魔法を使えるようになる。

キャロルの場合、それが憑依魔法だった。ボロ布を纏った孤児も、ミュンデ一行の旅に同伴していたリスも、キャロルに意識を乗っ取られたのだ。キャロルが睡眠などによって意識を失えば憑依魔法の効力は解かれるが、訓練された異端審問官のキャロルが任務中に睡眠を取るなどという愚行を働くことはない。

「魔族を操り、聖十三騎士団を襲わせれば、返り討ちにせざるを得まい」

その暁には、魔族は人類へ報復するはず。

それがきっかけで、戦争が再開するという筋書きだ。

さらに聖十三騎士団が魔族に殺されたと聞けば、群衆は魔族への怒りに燃え上がるはず。

だからこそ、たとえ実の娘であろうと聖十三騎士団には死んでもらわねばならぬのだ。

すべては救世教会の栄えある未来のために――……

◆

オーク村をあとにしたミュンデ一行はかれこれ一時間ほど深い森のなかを歩いていた。

このあたりは木々の根っこが剥き出しになっているため、気を抜くと転んでしまいそうだ。

「魔王よ。我らはいま、どこへ向かっている？　そろそろ行き先を白状するのだ」

なかなか目的地を口にしない颯馬に痺れを切らしミュンデはたずねた。体力的な余力はあるが、目的地不明のまま歩き続けるのは精神的につらいのだ。

それが魔王領ならなおさらだ。フレイヤは魔王を信じているし、ミュンデとて魔王への評価を上げつつあるが、全幅の信頼を寄せるにはほど遠い。

たしかにオーク村は素晴らしい場所だった。だが次の目的地も平和な場所とは限らない。ミュンデが油断した隙を突き、危ない場所に連れこもうと企んでいるかもしれないのだ。油断は禁物である。

「オーク村から一時間くらい歩いた先に川があってね。いまはそこに向かってるんだ」

「では、そろそろ到着する頃合いか？」

「そうだね。あと一〇分ってところかな」

「のぅ、颯馬よ。いまさら言うのもなんじゃが、一時間かかるのであれば、わしに乗ったほうがよかったのではないか？」

「それだと味気ない旅になっちゃうよ。歩き疲れるのも旅の醍醐味だしさ。それにここで汗をかいといたほうが、後々楽しめるよ」

「ふぅむ。歩き疲れるのもおぬしの計画通りというわけか。旅慣れた颯馬がそう言うのであれば、それが正しいんじゃろうな」

と、ハイドラが納得したところで、

「あの、ちょっといいでしょうか。一つお訊きしたいことがあるのですが……」

ティエラがおそるおそるといった様子で颯馬を呼び止めた。

「どうしたの？」

にこやかな顔で聞き返す颯馬に、ティエラは疑いの眼差しを向ける。

「魔王領には『溶解の川』があると本で読んだことがあるのですが……」

「溶解の川？　なんなのだ？　その、おどろおどろしい川は……」

「溶解の川はその名のとおり、触れたものを溶かす川なのです。その川の水に触れると、たちどころに身体が溶けてしまうのだとか！　かつてこの地に進軍した人々は、この先の川を渡ろうとしたのです。ですが……」

「ど、どうなったのだ？　ま、まさか――」

「そのまさかですわ。本には、どろどろに溶けた人々の絵が描かれていましたわ！　その日、溶解の川はどろどろになってしまった人々の血によって赤く染まったのですわ！　い、いまでも、その絵が脳裏にこびりついて離れないのですわ……」

ティエラはひたいに手を当て、立ち眩みでもするようにふらついた。

「なんと怖ろしい！　そんなものが実在するなら危険なことこの上ないではないかっ！」

「そう、危険なのですわ！」と、ティエラは颯馬に向きなおる。「あなたは先ほど、川に向かっていると言いましたね？　その川というのは溶解の川ではありませんわよね⁉」

「うん。そこに向かってるよ」

「いやあああああああああッ！」

　ティエラは激しく身をよじらせて断末魔のような悲鳴を上げた。溶解の川は危険地帯だ。誤って川に転落すれば一瞬で骨まで溶ける。そんなところへミュンデ一行をつれていき、いったい颯馬はなにをしようというのか。

　そんなの決まっている。颯馬は――

「あなたは溶解の川でわたくしたちをどろどろにするつもりだったのですねっ！　そしてわたくしたちの血に染まった川を見下ろして『フハハハハ！　馬鹿めまんまと罠にかかりおって！』と哄笑するつもりだったのですねっ！　そうはさせませんわっ！」

　ティエラは颯馬に聖弓を向けた。

　途端に颯馬は慌てだす。

「ち、違うんだ！　溶解の川は――」

「近づかないでください！」

ティエラはあとずさり、木の根にかかとを引っかけてしりもちをついた。すぐさま立ち上がるティエラだったが、痛そうに顔をしかめている。

ティエラの太ももからは血がにじみ出ていた。転んだ拍子に木の根に擦れ、皮が剥けてしまったようだ。

予期せぬ怪我をしたことで一周まわって冷静さを取り戻した様子のティエラに、颯馬は穏やかな口調で話しかける。

「これくらいなら治癒魔法で治せるよ」

颯馬に太ももを見つめられ、ティエラは顔を赤らめた。

「じろじろと見ないでくださいっ！　……ほんとうに射ちますよ？」

じっとりとした眼差しを向けるティエラに、颯馬は真剣な視線を送る。

「ぼくが誤解を招くような言い方をしたせいで、ティエラさんは怖くなって……それで、転んじゃったんだ。だから、その傷はぼくに治させてほしいんだ」

「べつに怖がってませんっ」

「まあまあ、落ち着けよ。颯馬の魔法はすげーんだぜ。今朝も子どもの怪我をあっという間に治しちまったからなっ」

自慢げに語るフレイヤに、ティエラはしばらく黙りこむ。それから、諦めたようにため息をついた。

「……フレイヤさんがそう言うのでしたら」

ティエラはしゃがみこむと上目遣い（うわめづか）に颯馬を見上げ、傷口を見せた。

颯馬は患部に手をかざす。

太ももが淡い光に包まれ、瞬く間（またたくま）に傷口が塞がっていく。

「これでよし、と」

光が収まったとき、患部には傷一つ残っていなかった。

「無事か？」

ミュンデは不安げに声をかける。

魔王に魔法をかけられたのだ、治癒魔法とはいえ害がないとは言い切れない。

ぼんやりと太ももを見つめていたティエラははっとして立ち上がり、こくりとうなずく。

それから颯馬を振り向き（む）、気恥（きは）ずかしそうに口元をもにょもにょさせた。

「その……ありがとう、ございます」

「こちらこそ、ぼくの魔法を受け入れてくれてありがとうっ」

にっこり笑う颯馬に、ティエラは目をぱちくりさせた。

「……なぜ、あなたが礼を言うのですか？　というか、わたくしを責めないのですか？

よからぬ魔法を使うに違いないと、あなたのことを疑ったのですよ？」

「ぼくは魔王だからね。ティエラさんがぼくを疑うのは当然さ。だから一時的にとはいえぼくのことを信じてくれて、本当に嬉しかったんだ。まあ欲を言うと、これをきっかけにぼくのことを――ぼくだけじゃなく魔族みんなのことを信じてほしいんだけどね」

ティエラは迷うように目を伏せた。

「……ぜ、善処しますわ」

「うん、よろしくね」

「あ、あとですね」とティエラは顔を上げ、決心したように言う。「溶解の川について、あなたの見解を聞かせてください。先ほど誤解だとおっしゃっていましたが、溶解の川はわたくしが想像しているものとは違うのでしょうか？」

もちろん、と颯馬はうなずく。

「これから向かう川には魔王領でも一、二を争うくらい澄んだ水が流れていてね。そんな川が『溶解の川』だなんて言われるのは悲しいから……だから、ミュンデさんたちに川の安全性を知ってもらおうと思ったんだ」

ティエラはなにかに気づいたように眉をひそめる。

「……まさか、旅のしおりにあった『水着』はここで使うのですか？」

「そうだよ」

「冗談じゃありませんわっ！　そんなことをすれば身体が溶けてしまいます！」

「だからそれが誤解なんだってばっ。まあ聞いてよ。ぼくが魔王になるちょっと前まで、このあたりはスライムの縄張りだったんだけど……」

スライムはどろどろとした液状生物だ。その粘液には繊維質を溶かす働きがあるらしい。

スライムは湿地帯を好み、水気のある場所を縄張りにする傾向にあるのだとか。

その一方で、とても臆病な性格をしているため、人気の多い場所に縄張りを作ることはないようだ。

それゆえ秘境にある川はスライムにとって楽園だったようだが……

「戦時中、人間がこの森に攻めこんできたことがあってね。スライムは縄張りに侵入者が現れると一目散に逃げだす習性を持っていて、この先にある川に流されちゃうスライムも多かったらしいんだ。そして、川を渡ろうとしたひとたちは、知らないうちにスライムに触れてしまったってわけだよ」

「つまり『服が溶けた』のを『身体が溶けた』と勘違いした……というわけですか？」

「そういうことだね」

「ほらなっ。颯馬はあたしたちを騙そうだなんて思っちゃいねーんだっ。これに懲りたら二度と颯馬を疑うんじゃねーぞっ！」

フレイヤは得意満面だ。

辻褄はあっているし、颯馬に嘘をついている様子はなかった。

溶解の川に命に関わる危険性がないというのは本当なのだろう。

それは理解した。

だが、

「水着で入れば、我らはすっぽんぽんになってしまうではないかっ！」

身体が溶けるよりはマシだが、颯馬の前で裸になんてなりたくない。

男に裸を見られるなんて、恥ずかしさのあまり死んでしまうかもしれない。

と、実際にその場面を想像してしまったのか、フレイヤは恥ずかしそうに顔を真っ赤に染めていた。

「て、てめーは一度ならず二度までもあたしの裸を見ようってのかっ⁉」

「ちょっと待て。二度目……？」

ミュンデが怪訝な視線を向けると、フレイヤは誤魔化すように「どうなんだよっ！」と颯馬に詰め寄る。

「そんな場所に女の子をつれていくわけないでしょ。なにも溶けないよ」

「け、けどよ……このあたりはスライムの縄張りなんじゃねーのかよ？」

「昔はね」

近隣住民はこの森がスライムの縄張りだと知っているため用事があるときは森を迂回し、目的地へと向かっていたが、すべての魔族が事情を知っているわけではなかった。数年に一度、縄張りと知らずに森を抜けようとする者がいたのだ。

そうなればスライムはパニックだ。一目散に逃げだしたスライムのなかには無事に川を越え、周辺の村々に押し寄せるものも多かった。

それは例えるならイナゴの群れだ。イナゴが作物を食い尽くすように、スライムは服を溶かし尽くしたのである。

特にオーク村の被害は甚大だった。衣装もろとも木綿を溶かされたオークたちは、再び木綿が育つまで全裸で過ごすこともあったのだとか。

「もう何十年も前だけど、オーク村の復興作業をしていたとき、スライムをどうにかしてほしいって相談を受けてね」

「結界を張ったのですか？」

颯馬は首を振る。

「それだと根本的な解決にはならないし、なにより結界内に閉じこめちゃったらスライムたちがかわいそうだよ。スライムだって被害者なんだからね」

「そう、ですか……。あなたはお優しいのですね」ティエラは感心した様子だ。「では、どうやって問題を解決したのですか？」

「べつの住処を用意したんだ。ちょうどスライムたちが棲むのにおあつらえ向きの場所があったからね。まあそんなわけで、スライムが川に流される心配はなくなったってわけ。つまり、川遊びをしたからといって裸にはならないんだよ」

颯馬は話をまとめると、ミュンデ一行の顔を見まわした。

ミュンデたちは顔を見合わせ、ミュンデ、ティエラが口を開く。

「わかりました。実際に川を訪れ、安全性をたしかめてみましょう」

それを聞き、颯馬は嬉しそうに笑うのだった。

しばらく緩やかな斜面を歩いていると、せせらぎが聞こえてきた。顔を上げると木々の隙間から岩肌を流れる滝が覗け、茂みを抜けた先には透明感のある川が流れていた。

澄んだ川は陽光を反射して美しく輝き、川のせせらぎが道中の疲れを癒やしてくれる。

川にはつるつるとした岩が剥き出しになっており、水しぶきが立っていないことからも、このあたりの流れは緩やかであることがわかる。これなら流される心配はなさそうだ。

とはいえミュンデが気にしているのは溺れるかどうかではなく、溶けるかどうかだ。

ミュンデは不安な瞳を仲間へ向ける。するとフレイヤが決意の眼差しを向けてきた。

「あたしは颯馬を信じるって決めたんだ。だからあたしが川の安全性をたしかめてやる。ふたりはそこで刮目してな」

フレイヤは落ち葉の絨毯を踏みしめて川へ向かう。そして、心の底から颯馬を信用しているのだろう、ためらうことなく入水した。ざぶざぶと川の中程まで進んだところで身を屈め、首筋まで川に浸かる。

「冷たくて気持ちいーぜっ！　それに見ろよ、服も無事だ！」

嬉しげに笑うフレイヤを見て、ミュンデはほっと胸をなで下ろした。それと同時にふと思う。

オーク村に続き、溶解の川でも颯馬は嘘をつかなかった。これでは手紙に書いてあったとおりただの旅行だ。颯馬には聖十三騎士団を騙すつもりなど端からなかったのだろうか。

（……そろそろ、魔王に対する認識をあらためたほうがよいかもしれぬな）

ミュンデが思案していると、フレイヤが川から出てきた。服は濡れてしまっているが、天気もいいしすぐに乾くだろう。

「こんなことなら素直に水着を持ってくるんだったぜ」

「でしたら、わたくしの水着を貸しましょうか？　フレイヤさんならサイズも合うと思いますし」

（……フレイヤさん『なら』？）

引っかかる物言いだったが、ミュンデは心に留めておく。

「一応、みんなの水着は持ってきてるよ」

颯馬が言うと、フレイヤはぱあっと顔を明るくさせた。

「まじかよっ！　さすが颯馬、気が利くなっ！」

「どれ、一応見てみるか」

「わしのもあるのかっ？」

「わ、わたくしも見てみたいですわ」

わいわい言いつつ、一同は颯馬のまわりに集まった。

颯馬はカバンから水着入りの袋を取り出す。

「いくつか持ってきたから、各自好きなのを選んでよ」

「わ、わしのは？　わしのはどれじゃ？」

「ハイドラのはこれだよ」

颯馬は濃紺の上下一体型水着を取り出した。

お気に召さなかったのか、ハイドラは眉を下げる。

「なんか子どもっぽいのぅ。……ほかにはないのか？」

「ないよ」

「……そっかー。ないかー」

がっくりうなだれつつも、ハイドラは水着を受け取った。それを尻目にミュンデ・行は気に入った水着を選ぶ。

そうして全員が水着を手にしたところで、颯馬が下流を指さした。

「ぼくは向こうで昼食の準備をするから、みんなは遊んでて。一時間くらいしたら呼びに来るからね」

「えっ。おぬしは一緒ではないのか？」

ハイドラが不安そうに瞳を揺らす。颯馬の保護下を離れ、聖十三騎士団に囲まれるのが怖いのだろう。

「心配無用だ。我らにきみを傷つけるつもりはないのでな。きみが無害であることは理解しているし、きみがいなくなれば我らは人間領へ帰ることができなくなるのだからな」

ミュンデが微笑して告げると、ハイドラが上目遣いに見つめてきた。

「ほんとか？　いきなり首をはねたりせぬか？　川の底に沈めたりせぬか？」

想像以上に怖れられていたようだ。

しかたのないこととはいえ、こんなにも疑われるとあまりいい気はしない。

（……魔王も、こんな気持ちなのだろうか）

これまでの言動を振り返り、ミュンデは軽い罪悪感を抱く。

そうして黙りこんでいると、ハイドラががたがたと震え始めた。

ハイドラを殺すかどうか悩んでいる――と誤解されてしまったようだ。

「しないと誓う」

真剣な眼差しでそう告げると、ハイドラはじっと颯馬を見上げた。颯馬がうなずくと、ハイドラはミュンデに向きなおる。

「颯馬がおぬしを信じるなら、わしもおぬしを信じるのじゃ」

そう言って、木々の向こうへ歩いていく。森のなかに更衣室があるとは思っていないし、それに紳士的な対応を取っている颯馬が覗きなんてつまらないまねをするとも思えない。

ミュンデ一行はハイドラのあとに続き、森のなかで着替えることにしたのであった。

◆

ミュンデたちが川遊びに興じている頃――。

「これで九匹目、と……」

颯馬は手掴みで魚を捕まえていた。

手のなかでびちびちと跳ねる魚を網びくに入れて、一息つく。

そろそろ焼き始めないと約束の時間は過ぎてしまうが、あと一匹捕まえればひとり二匹食べられる。

みんな育ち盛りだし、一匹だけだと足りないだろう。

誇り高き聖十三騎士団が魚の数で喧嘩するとは思えないが、お腹を空かせているはずだ。

「あと一匹捕まえたら焼き始めようかな」

そうして川面へ視線を落とした、そのとき。

「あ、あのっ」

うしろからうわずった声が聞こえてきた。

振り向くと、ティエラが川辺に立っていた。その手には聖弓が握られている。

「どうしたの？」

「その……なにかお手伝いできることはないかと思いまして……」

「ありがと。気持ちだけ受け取っておくよ」

颯馬がにこやかに告げると、ティエラは悲しげな顔をした。

「で、ですが……あなたは、敵であるはずのわたくしに治癒魔法をかけてくださいました。そのお礼をさせていただきたいんですの」

「気にしなくていいよ。当たり前のことをしただけだしさ。それにぼくはティエラさんのことを敵だなんて思ってないよ。でも……ティエラさんは、ぼくのことを敵だと思ってるのかな？」

「それは……」

ティエラは、悩ましそうに聖弓を見る。

しばらく黙りこんでいたティエラは、やがてぼそりとつぶやいた。

「……もう、なにを信じればいいのかわからないのです」

顔を上げ、真剣な眼差しを颯馬に向ける。

「わたくしは、これまで本に書かれていたことを信じて生きてきました。たくさんの本を読んできたのです。ですが、そのなかに、魔族のことを好意的に書いているものは一つもありませんでしたわ」

ティエラは知識と現実とのギャップに戸惑(とまど)っている——人生の価値観を根本から覆(くつがえ)され、どうしていいかわからなくなっているのだ。

（これは……ティエラさんにとって、すごく重大なことだよね）

ティエラにとっては今後の人生を決定づける大事な局面。いいかげんなことは言えない。

（どうにかして、ティエラさんの悩みを解消させてあげたいんだけど……）

颯馬は真剣に思案したあと、慎重に言葉を選びながらティエラに語りかけた。

「……ぼくは本を読むより外で遊ぶほうが好きだったから、ティエラさんみたいに読書はしてこなかったんだけど……本って、どうしたって著者の主観が入っちゃうと思うんだ。たとえば同じ景色を眺めても、それをどう感じるかはひとそれぞれでしょ？　だから本に書いてあることを鵜呑みにするのは……間違ってるとは言わないけど、正解ってわけでもないんじゃないかな」

「では、わたくしはなにを信じればいいのですか？」

「それは……自分を信じればいいんじゃないかな」

「自分を？」

「うん。ティエラさんが『オーク村はいいところ』って思ったなら、たとえ本にもの凄い悪口が書かれていても、オーク村はいいところなんだ」

ティエラははっと目を見開き、自分に言い聞かせるように言う。

「でしたら……わたくしにとって、あなたは敵ではありませんわ。だって、どうしたって悪人には見えないんですもの」

　そして、じっと颯馬を見つめた。

「悪人どころか、あなたは優しい方ですわ。……そう、誰がなんと言おうと、わたくしにとって魔王は——颯馬さんは、優しい方なのですわ!!」


　ティエラの手から聖弓が落ちた。

　どうやら迷いが晴れたようだ。

　先ほどまでの曇り顔が嘘のように、ティエラは清々しい笑みを見せた。

　そうして晴れ晴れとした顔つきになったティエラは、ふと網びくに目をつけた。

「これ、全部颯馬さんがおひとりで?」

「そうだよ。……よかったら、ティエラさんも捕まえてみる?」

　誘ってみると、ティエラはぱあっと表情を明るくさせた。

「やってみたいですっ！　よろしければ、捕まえ方を教えてくださいな」

　そう言って川に入り、颯馬に近づく。聖弓は川岸に置いたままだ。

「手掴みで捕まえてるんだけど、ティエラさんって魚に触れる?」

「平気ですわ。いままでは本を読んだだけで理解したつもりになっていましたが……これからはいろいろなものに直接触れて、理解を含めていきたいんですの。その第一歩が、魚獲りですわっ」

「だったらぼくも、ティエラさんが魚獲りを好きになるように頑張らなくちゃだね」

「ええ、期待してますわっ」

冗談めかした口調でそう言うと、ティエラは腰を屈め、じっと水面を見つめた。

「向こうで遊んでるときは気づきませんでしたが、たくさん魚がいたのですね。これならすぐに捕まえられそうですわ……えいっ！」

ティエラは勢いよく水中に両手を突っこみ、

「逃げられてしまいましたわ……」

がっくりとうなだれる。

その子どもっぽい仕草を見て、颯馬は表情をほころばせた。笑われていることに気づき、ティエラが頬を膨らませる。その仕草も、また子どもっぽかった。

「もう、笑わないでくださいっ」

「ごめんごめん。だけどいまみたいに手を突っこんだら、魚だって驚いて逃げちゃうよ」

「ですが急いで捕まえないと、逃げられてしまいますわよ。……そう考えると、なんだかすごく難しいことのように思えてきましたわ。いったい颯馬さんは、どうやってあんなにたくさんの魚を捕まえましたの？」

「えっとね……こっちから魚に近づくんじゃなくて、魚のほうからこっちに近づいてきてもらうんだよ」

「魚のほうから？」

かわいらしく小首を傾げるティエラに、颯馬はうなずいた。

「うん。まずは水のなかに手を入れて、手の温度を下げるんだ。手はお椀の形にしてね」

「こうですの？」

ティエラは颯馬のほうを向いたまま身を屈めた。

小さな水着に包まれた胸の谷間が強調され、いまにもこぼれてしまいそうだ。

そのやわらかそうな胸元に、颯馬は思わず見入ってしまう。

「……あとは魚が近づいてくるまで、じっと息を潜めるんだよ」

「じっと……」

ティエラは真剣な面持ちになり、颯馬の言うとおりに息を潜める。

「……近づいてきましたわ」

ややあって、小さな声でティエラが報告してきた。

澄んだ川のなか、三〇センチほどの魚がゆっくりとティエラのほうへ泳いできている。

「ゆっくりと手を動かして、魚のお腹に手を近づけるんだ」

「で、ですが、手が触れたら逃げてしまうんじゃありませんの？」

「体温が高いと逃げられちゃうけど、いまのティエラさんの手は川と同じくらいの温度になってるからね。ちょっと触れたくらいじゃ逃げないよ」

「そ、そうですか……。わかりました、颯馬さんを信じますわ」

「ありがと。そして、魚のお腹に手が触れたら掴むんだ――いまだよっ！」

「っ、えいっ！」

と、ティエラは手を引き上げた。

その手には斑紋模様が特徴的な魚が握られていた。

「やりましたわっ！」

びちびちと尾を振って手から逃れようとする魚を自慢げに掲げ、颯馬に見せてくる。

「おめでとうっ」

「ありがとうございますわっ！　颯馬さんが手伝ってくれたおかげですわっ！　あ、あとこれどうすればいいんですのっ？　逃げられてしまいそうですわっ！」

「ああ、うん。あれに入れるんだよ」

颯馬はティエラを伴って網びくのもとへ向かう。

ティエラは網びくに魚を入れ、一息ついた。

「あー、びっくりしましたわ。魚って、あんなに激しく跳ねるんですね」

「うん。しかもティエラさんが捕まえたのは大物だよ。ぼくが捕まえたものより一回りは大きいんじゃないかな。ティエラさんには魚獲りの才能があるのかもしれないね」

颯馬が褒めると、ティエラは嬉しそうにはにかんだ。

「ありがとうございます。だけど、これは颯馬さんの教え方が上手なだけですわ」

ふっと笑みを消し、ティエラはまじめな顔をする。

「ですが、人類と魔族が仲良くなって、聖十三騎士団が不要となった世界が訪れたら……そのときは、颯馬さんが見込んでくださった魚獲りの才能を活かして生計を立てるのも、面白そうですわね」

じっと颯馬を見つめる。

「その際は、ぜひまた颯馬さんにご指導していただきたいですわ。颯馬さんはわたくしの知らないことをたくさん知ってますし、それに優しく手ほどきしてくださるんですもの。ですから、颯馬さんが一緒にいてくださるなら、これほど心強いことはありませんわ」

「うん。そのときはぜひ声をかけてよ。ぼくでよければいつでも手を貸すからね」

「ええっ。頼りにしてますわっ」

と、心底嬉しそうに笑うティエラであった。

◆

「美味しそうに焼けましたわねっ」

「だね。ティエラさんの魚が一番美味しそうだよ」

「ふふ。ほかの娘たちに食べられないようにしないといけませんわね」

「大きいし、美味しそうだし、真っ先に狙われそうだもんね。……っと、そろそろ三人を呼びに行こうか」

「ええ。きっとお腹を空かせてるでしょうし、早く食べさせてあげたいですわっ」

火の爆ぜる音と香ばしい匂いが漂うなか、魔王とティエラは親しげに話しながら上流のほうへ歩いていく。

「……」

こっそりと会話を盗み聞きしていたキャロルは、ふたりの姿が見えなくなったところで茂みから顔を出した。

「魔王なんかと仲良くする女騎士には、罰を与えねばなりません」

キャロルは地面に突き立てられた焼き魚をすべて引き抜き、茂みの奥へ入っていく。

五〇メートルほど歩いたところに、翼を生やした獅子が待っていた。救世教会が魔族の細胞を動物に組みこみ生み出した幻獣――グリフォンだ。

キャロルはグリフォンの頭を軽く撫で、地べたに九つの魚を置いた。

「私はひとつで充分です。残りはあなたにあげます。ここまで運んでくれたお駄賃です。帰りの分も先払いです」

淡々と言い聞かせてやると、グリフォンは心なしか嬉しそうな顔をした。

口を怪我しないように串を抜いてやると、キャロルは塩加減が絶妙な焼き魚を頬張った。

もぐもぐと口を動かしていると、茂みの向こうから楽しげな声が聞こえてきた。

茂みから顔を出すと見つかる恐れがあるため、キャロルはリスの視点でミュンデ一行の様子をうかがうことにする。

「まさか川遊びがこんなに楽しいものだとはな」

「だなっ！　飯喰ったらもっかい競争しようぜ！　次もあたしが勝つけどな！」

「もう競争は嫌じゃ！　だっておぬし速すぎるんじゃもん！」

「ったりめーだ。ハイドラがあたしに勝つなんざ一〇〇年早いぜ！」

「わし、おぬしより一〇〇歳以上年上なのじゃが……。のぅ、ミュンデよ。今度はべつの遊びをせぬか？」

「うむ。遊びとはいえ負けたままなのは悔しいが、せっかく近くに滝があるのだ。滝行をして心身を鍛えるのもよかろう」

「やっぱりフレイヤに再挑戦するのじゃ！」

「望むところだぜ！」

「な、なぜだ！　なぜ滝行を拒むのだハイドラ殿ぉっ⁉」

「あはは。三人ともすっかり仲良しだね」

魔王は嬉しそうに笑っている。

おそらく、これは魔王の企みだったのだろう。

紅竜と聖十三騎士団を仲良くさせるため、一緒に遊ばせていたのだ。

（紅竜と親しくなるなど言語道断です。粛清するには充分な理由です）

異端審問官としてこれを見逃すわけにはいかない。粛清したい気持ちがこみ上げてくる。

しかし、聖十三騎士団には利用価値が残っている。戦争の引き金を引かせるためにも、ミュンデ一行には魔族を虐殺してもらわねばならないのだ。

（……ですが、このまま監視を続けていても聖十三騎士団が自らの意思で魔族を殺すとは思えません。どうにかして聖十三騎士団に魔族への敵意を植えつけなければ……）

そしてキャロルには、打ってつけの魔法が備わっている。

意識が鮮明な相手には通じないが――他人の身体を乗っ取る憑依魔法は使用中も自分の意識を保っていられる。

つまり、新たに憑依魔法を使えば複数の身体を操ることができるのだ。

すべての意識を同時にコントロールしなければならないため、憑依対象が増えるにつれて脳が混乱し、単純な行動しか取れなくなるが――『聖十三騎士団を襲う』という一つの目的に集中すれば一〇〇体は操れる。

（魔族への敵意を解いたとはいえ、命を狙われたとあれば返り討ちにするはずです）

憑依魔法をかけるには、直接姿を見る必要がある。夜はともかく昼間であれば上空からこっそりと魔法をかけることが可能だ。

問題があるとすれば、魔族の多くが保護魔法の使い手だということだ。

キャロルの魔法は強力だが、魔力はさほど強くない。相手が保護魔法の使い手であれば、憑依魔法は防がれてしまうだろう。

かといってミュンデたちを操り、魔族を虐殺することはできない。

なぜなら女騎士は聖器を使わないと魔法を防げないが――例外として、意識に作用する魔法は無意識に防ぐことができるのだから。

　つまり意識に作用する魔法――憑依魔法はミュンデたちに通じないのだ。

（……そういえば、あれは保護魔法の使い手ではありませんでしたね。問題は、四六時中魔王がそばにいることですが……）

　キャロルが思案をしていると、

「おや？　颯馬よ、魚はどこにあるのじゃ？」

　と、紅竜のいぶかしげな声が聞こえてきた。

「なくなってるね。動物が食べちゃったのかな？」

「な、なんじゃと!?　どこのどいつじゃ！　とっ捕まえてやる！」

　紅竜は目尻に涙を浮かべ、恨めしそうに茂みを睨みつける。

　いい気味です、とキャロルがほくそ笑んでいると、魔王が思いだしたようにぱちん、と手を鳴らした。

「そうだ、これがあるんだった」

　一同の視線が集まるなか、魔王はカバンから箱を取り出し、ふたを開く。

　そこには陶器でできた小ぶりの器がいくつか収められていた。

「おおっ、プリンではないかっ！　さすが颯馬、用意がいいのぅ！」

紅竜が歓喜の声を響かせる。デザートの登場に、一瞬で機嫌を直したようだ。

単細胞め、とキャロルが毒を吐いていると、魔王がどこか自慢げに語りだした。

「ただのプリンじゃないよ。これは黄泉めぐり名物『蒸しプリン』だよ。ほんとは明日の宿泊先でお世話になるひとへのお土産なんだけど多めに買ったし、ひとりひとつずつなら食べても問題ないよ」

「けどよ、いまは冷えてるようだが、じきに氷も溶けちまうだろ。常温保存だと明日には腐っちまうんじゃねーのか？」

キャロルとしては腐ってくれて構わないと思っている。魔族と仲良くする女騎士など、お腹を壊して苦しめばいいのだ。

「じゃなっ！　腐る前にわしらですべて平らげるのじゃ！」

「さすがにこれ全部食べたら腐ってなくてもお腹壊しちゃうよ」

「腐るよりはマシじゃろ」

「だいじょうぶ。そんなに早く腐らないよ。今日の宿泊予定地はすごく涼しいところだし、それに黄泉めぐり名物『蒸しプリン』は硫黄泉で蒸してあるからね。硫黄には防腐効果が備わってるから、けっこう日持ちするんだよ。つまりお土産に適してるってわけ」

「なるほど。硫黄にはそのような効果もあったのですね」

ティエラは魔王の知識に感心した様子だった。一方で、食い意地の張った紅竜はすべて平らげることができないとわかり、残念そうにため息をついている。

「さておき、プリンは冷えてるうちに食べたほうが美味しいからね。ささっと食べちゃお。……ミュンデさんも、食べてくれる？」

と、魔王は探りを入れるような口調でミュンデにたずねた。

このなかで唯一、ミュンデだけが魔王に心を開いていないのだ。

（さあ、聖十三騎士団団長――ミュンデよ。魔族が作ったプリンなんて食べられるわけがないと突っぱね、魔王を殺すのです！）

キャロルは心中でミュンデにそう呼びかけた。

しかし、ミュンデはキャロルの期待とは正反対の言葉を口にした。

「疲れた身体には甘いものが効果的と聞く。オーク村では旅館の食事で満腹になったゆえ、温泉饅頭くらいしか甘味を口にできなかった。まさか、ここにきて再びオーク村の甘味と相まみえることになろうとは……。そのプリン、ありがたくいただこう！」

（魔族への憎しみが、プリンに負けた……？　なんと愚かな！）

キャロルはあらためてミュンデに失望した。

ミュンデ一行は加速度的に魔族を好きになっていっている。これは救世教会への反逆だ。

（ミュンデたちには利用価値が残っています。いますぐに粛清するわけにはいきません。ですが、このまま放置しては本来の目的が達成されません……こうなれば、やはりあれを操るしかありませんね……）

「じゃが、魚も食べたかったのぅ」

と、先ほどまで魚が串刺（くしざ）しになっていた焚き火を見下ろし、紅竜がため息をつく。

「でしたら、みんなで協力して魚を捕まえる、というのはどうでしょうか？　きっといい想い出になりますわっ」

「あたしは賛成だぜ」

「私もだ。だが、動物にプリンを食べられるかもしれぬ。悲劇の再来を防ぐためにも先にプリンをいただこうではないか」

「同感じゃ！」

と、話がまとまったようだ。プリンを食べた一同は魔王に魚の捕まえ方を教わり、共同作業をしたことによってさらに仲を深めることになったのだった。

《第四幕　迷宮に忍び寄る影》

青空の彼方に浮かぶ雲が夕焼けに染まりつつある頃――。

ミュンデ一行は川遊びを切り上げ、次なる目的地へと向かっていた。

昼間は楽しくはしゃいでいたミュンデだったが、いまは不機嫌そうに顔をしかめている。

ミュンデが苛立っている原因は魔王ではなく、フレイヤにあった。

「なあ、あたしが悪かったってぇ……。だからさぁ、そろそろ機嫌なおしてくれよぉ」

猫なで声で謝りながら、フレイヤが顔を覗きこんできた。

ミュンデはむすっとした顔を背け、それを無視する。

(まったく、いやしんぼめっ！)

思い出すだけでイライラする。フレイヤはミュンデが楽しみにとっておいた焼き魚を、ちょっと席を外した隙に食べてしまったのだ！

「急にどっか行っちまうから、滝行するのかなぁーと思ってさぁ。せっかく颯馬が作ってくれた焼き魚を残すのはもったいねーから、食べちまったんだ。悪気はなかったんだよ」

「ごちそうさまはしていなかったではないかっ。ひとがトイレに行った隙に食べるなんてあんまりだ！」

ミュンデが涙目で睨みつけると、フレイヤは目つきを鋭くさせた。

「なにも怒鳴ることたぁねーだろ！　つーかトイレに行くならそう言えよ！」

ミュンデはかあっと顔を赤らめる。

「食事の席だぞ⁉　言えるわけないではないか馬鹿者っ！　なぜ察してくれぬのだ！」

「言ってくれなきゃわかんねーよ！　それに冷めたら魚が不味くなっちまうだろ！」

たしかにこんがりと焼き上がった皮はぱりっと香ばしく、ほくほくの白身は脂が乗って濃厚な味わいだった。塩加減も絶妙で、品位に欠けると思いつつも手についた塩を惜しみ舐めてしまうほどだった。あの味は焼きたてでないと味わえない。

だが。

「私が戻ってきたとき、『あー美味しかった！』とご満悦だったではないかっ」

「だ、だって……冷めても美味しかったし……」

「ほれみたことか！　ひとの魚をばくばく食べおって！　だ、だからフレイヤはそんなに大きくて、私はこんなに小さいのだっ。どう責任を取ってくれる⁉」

「な、なんでもかんでもあたしのせいにしてんじゃねーよ！」

「まあまあ、ふたりとも落ち着いて」と颯馬が見かねた様子で喧嘩を仲裁する。「夕飯はミュンデさんに多めに出すから、フレイヤさんを許してあげて」

「くっ……！」

ミュンデは忌々しそうに顔をしかめた。

これは夕飯を多めにすれば解決する問題ではない。これは教育的指導だ。盗み食いするフレイヤに、ミュンデは団長として教育を施してやらねばならぬのだ！

とはいえミュンデにとっては教育的指導でも、傍目には口喧嘩に見えているらしい。

魔王に喧嘩の仲裁をされるなど末代までの恥である。

聖十三騎士団の名に泥を塗らぬためにも、ここは大人の対応を見せるべきだ。

「……まあ、私も大人げなかったと思う。楽しい雰囲気に水を差してしまい、本当に申し訳ないことをした」

ミュンデの謝罪に、フレイヤは面食らったように目を瞬かせた。

「い、いや、もとはといえばあたしが団長の魚を勝手に食っちまったのがいけねーんだ。これからは団長が席を外したら『ああ、トイレに行くんだな』と察するようにするぜ」

「そんなには行かない！」

ほかの用事で席を外すことだってあるのだ。そんなふうに思われるのは心外というか、純粋に恥ずかしい。

「また喧嘩が始まる前に、目的地を教えていただいても？」

と、ティエラが話を切り出した。

遊び疲れて眠ってしまったハイドラをおんぶしていた颯馬は、山道を歩きながら疑問に答える。

「この先に洞窟があってね。いまはそこに向かってるんだよ」

ティエラが、ぴくりと眉を動かす。

「洞窟……ですか？」

「洞窟についてなにか知っているのか、ティエラよ？」

物知りのティエラにたずねると、彼女は不安げにうなずいた。

「颯馬さんを疑いたくはありませんが……。魔王領には『串刺しの大空洞』があると本で読んだことがあります」

「串刺しの大空洞だと!?」「串刺しの大空洞に向かってんのか!?」

ミュンデとフレイヤは悲鳴を上げた。

ふたりとも読書は好まないが、串刺しの大空洞については心当たりがあったのだ。

空を飛べるなら話はべつだが、人類に空を飛ぶ術は備わっていない。それゆえ魔王城に乗りこむには洞窟を越える必要があったのだ。

　だが、それはただの洞窟ではなかった。

「聞いたことがあるぜ。その洞窟——串刺しの大空洞は迷路みてーな構造で、一度入ると二度と生きては出られねーってな」

「それだけではありませんわっ！　たしかに串刺しの大空洞に踏みこんだ人々の多くが、洞窟内で行方不明になったと本に書いてありました！　ですが——ですが、迷子になって餓死したわけではありません！」

「ほ、ほんとうかティエラよ⁉　では人々の死因はなんだったのだ⁉」

「罠ですわっ！　魔族は洞窟内に無数の罠を——串刺しトラップを仕掛けたのですわ！　目の前で仲間が串刺しになり、それを見てパニックになった方も串刺しになり、串刺しの恐怖から動けなくなった方は死に怯えつつ餓死する——そんな悲劇が起きたがゆえに串刺しの大空洞と呼ばれているのですわっ！」

「そうかわかったぞ！　貴様はオーク村にて我らを油断させ、溶解の川で我らを疲労させ、そして判断力が鈍った我らを串刺しの大空洞にて串刺しにしようと企んでいたのだなっ⁉　先の焼き魚は『次は貴様がこうなる番だ！』という意思表示だったのだなッ⁉」

　興奮気味にまくし立て、ミュンデは鋭い眼差しで颯馬を睨む。

すると颯馬は立ち止まり、真剣な顔を向けてきた。

「そんな企てはしてないし、人間領に伝わっている洞窟の記録はほとんど間違ってるよ」

「ほとんど、だと？　なにが正解で、なにが誤解なのだ？」

「えっとね、きみたちの言う串刺しの大空洞――『星降る洞窟』は、鍾乳洞なんだよ。そしてティエラさんが本で読んだっていう串刺しトラップの正体は『鍾乳石』なんだ」

ミュンデはぴくりと眉を動かす。

（鍾乳洞？　鍾乳石？　なんなのだ、それは……石？　杭のように尖った石か？）

よくわからないけど、そんなものを放置するなんて危なすぎる！　そんなところに行くなんてもってのほかだ！

ミュンデは鍾乳石についてそう解釈し、危険性を指摘しようとした。だが、

「それじゃあ昔の連中は、鍾乳石を串刺しトラップと見間違えたってのか？」

「常識的に考えて、見間違えるとは思えないのですが……」

それより先に仲間が疑問を呈した。

ふたりとも鍾乳洞と鍾乳石に心当たりがあるようだ。

ティエラはともかく、まさかフレイヤまで知っていたとは……。

これではいまさら『鍾乳石とはなんだ？』なんて恥ずかしくて訊けないではないか。

団長としてのプライドが邪魔をして、ミュンデは訳知り顔で颯馬の話に耳を傾ける。

「洞窟内は暗いし、それに戦時中だったから、洞窟に踏みこんだひとたちは『いつ魔族に襲われるかわからない』ってびくびくしてたはずだよ」

「言われてみれば、いまと当時とでは状況がまるで違いますわね」

「あたしらは魔族への誤解を解いたが、当時は戦争の真っ最中だったわけだしな。そりゃ疑心暗鬼にもなるぜ」

「鍾乳洞、楽しみですわっ」

「だなっ。早くつかねーかな」

フレイヤとティエラは串刺しの大空洞への認識をあらためたようだ。楽しそうに表情を緩ませてしまっている。

だが、ミュンデは納得がいかなかった。

「待つのだ。まだ先ほどの『正解』がなんだったのかはわからないままなのだ」

颯馬は串刺しの大空洞について、すべて誤解とは言わなかった。人間領に伝わっている怖ろしい記録のなかに正解があると言ったのだ。それを謎にしたまま洞窟に踏みこむわけにはいかない。

「星降る洞窟が迷路みたいに入り組んでるのは本当だよ。正しい道順を知っていれば五時間程度で出口につくけど、正しい道順を知らなければ、よほど運がよくない限り出口にはたどりつけないよ」

　まさに自然要塞だ。人類が洞窟を突破することはないと——魔王城には乗りこむことができないと確信していたからこそ、魔族は洞窟内に罠を仕掛けなかったのだ。

　だが。

「たとえ罠がなかろうと、串刺しの大空洞が危険すぎることに変わりはないではないかっ！」

　串刺しの大空洞は、一度入れば生きては出られないほどに複雑な構造をしているのだ。罠があろうとなかろうと、死の危険性があるのであれば洞窟に立ち入るわけにはいかない。

「だいじょうぶ。洞窟には二つの安全策を施してあるから」

「安全策？」

「洞窟内で迷わないように、出口にたどりつけない通路はすべて封鎖したんだ」

　つまりどの通路を使っても出口にたどりつけるというわけか。

「なるほど、それは安全だ。して、二つ目は？」

「スライムの話は覚えてる？」

「うむ。溶解の川の近くを縄張り(なわばり)としていたスライムたちに、べつの住処(すみか)を与えてやったのだろう？　……って、まさか」

「そのまさかだよ。封鎖した通路に侵入者は現れないし、鍾乳洞は一年中じめじめしてるからね。星降る洞窟は、スライムにとってまさに楽園だったんだ」

「そうか……」

繊維質を溶かすスライムが棲んでいるのは気がかりだが、颯馬は『スライムは臆病』と語っていた。正しい通路を歩いていればスライムに襲われることはないだろう。

それに間違って封鎖された通路に這入ったとしても、スライムは一目散に逃げだすはず。あるいは一致団結して侵入者を正しい通路へ追いだそうとするかもしれない。

要するに、スライムは洞窟の安全性向上に一役買っているのだ。

たった一手で近隣住民の苦情を解消し、スライムを不安から救い、溶解の川と串刺しの大空洞を安全な観光地に生まれ変わらせた颯馬の手腕は、見事としか言いようがなかった。

「では串刺しの大空洞は――星降る洞窟は、安全な場所と捉えてよいのだな？」

「うん。どうしても信じられないなら予定を変えてもいいけど……だけど、ミュンデさんたちにはぜひ星降る洞窟を見てほしいんだ。本当に、素敵な場所だからさ」

そう語る颯馬に、嘘をついている様子はない。

ミュンデは仲間の顔をうかがう。

ふたりとも異論はなさそうだ。

二対一。今度はミュンデが折れる番だった。

◆

森が夕日に染まる頃、ミュンデ一行は星降る洞窟に到着した。

のっぺりとした岩肌にぽっかり空いた空洞――。暗黒に支配された穴からは冷気が漂い、ここまでの道中で火照った身体を涼めてくれる。ともすれば早く空洞内に入って汗ばんだ肌を涼めたいところだが、真っ暗闇の広がる空洞に足を踏み入れるのはためらわれる。

「星降る洞窟は一年を通して涼しいから、避暑地としても人気があるんだ」

ハイドラを起こした颯馬はのんきに解説すると、カバンから二つのランプを取り出した。

そのうちの一つをミュンデ一行に差し出してくる。

「私が持とう。背後から襲われるかもしれぬし、しんがりは私が務めさせてもらう」

きりっとした顔で語ると、ティエラとフレイヤに笑われた。

「誰に襲われるというのですか？　颯馬さんは安全だとおっしゃったではありませんの」

「いつまでもびびってねーで、団長も旅行を楽しもうぜ」

「くっ……！」

ミュンデは悔しそうに唇を噛みしめる。

ミュンデだって、星降る洞窟に危険性はないと信じたい――魔王は悪人などではないと信じたいのだ。

けれど相手は魔王――魔族の王なのだ。

魔王は狡猾な生き物だと、ミュンデは幼い頃から父に言い聞かせられてきた。

魔王への敵意は薄れつつあるが、万が一に備えて警戒するに越したことはない。

ここは魔王領なのだから、慎重すぎるくらいがちょうどいいのだ！

「なにをしているのですか？　入りますわよ」

「う、うむ」

と、ミュンデは颯馬たちのあとを追って洞窟へと踏みこんだ。

日光の差しこまない洞窟内は真っ暗だ。ランプの明かりでは数歩先を照らすので精一杯。

距離を開けすぎると見失うかもしれないため、ミュンデ一行は距離を詰めて通路を進む。

「気をつけるのだ。獣が襲いかかってくるかもしれぬぞ」

「だいじょうぶ、この洞窟には蝙蝠か鼠くらいしかいないよ。……鼠といえば、そのリスどうしたの？」

「なんか荷物に紛れこんでた。魔王領が平和な場所だってことはわかっちゃいるけど……こいつにも家族がいるかもしれねーし、引き離すのはかわいそうだろ？　だから人間領に連れて帰るつもりだぜ」

「ペットってわけじゃないんだね。それにしては懐いてるみたいだけど……」

「さ、触りてーなら触ってもいいんだぜ？」

「えっ、いいの？」

フレイヤは小さくうなずき、恥ずかしそうに顔を赤らめつつ颯馬と肩を並べた。颯馬は嬉しそうに笑みを浮かべ、リスの頭に手を伸ばす。

「わっ⁉」

と、リスが颯馬の指に噛みつこうとした。颯馬は慌てて手を引っこめる。ランプが揺れ、影が揺らめく。

（まさか……）

そんな一連の流れを見ていたミュンデは、颯馬への疑念を膨らませた。動物には野生の勘が備わっていると聞いたことがある。リスは颯馬の邪心を感知し、襲いかかったのではなかろうか。

ミュンデが邪推する一方で、フレイヤとティエラは心配そうに颯馬に声をかけていた。

「怪我(けが)はありませんか？」

「だいじょうぶだよ。リスに嫌(きら)われちゃったのは悲しいけどね」

「ま、まあリスには嫌われちまったが……てめーのことを好きな奴(やつ)は……その、ちゃんといるからよ」

ぼそぼそとしゃべるフレイヤに、颯馬は微笑(びしょう)を向ける。

「ありがとっ！　魔族みんなの期待に添(そ)えるように、魔王領をもっともっと素敵な場所にしないとね！」

フレイヤは拗ねたように唇を尖らせる。

「そういう意味じゃねーんだが……」

「ああ、そうそう。フレイヤさんの言葉で思いだしたんだけど——みんなには好きなひととかいる？」

不意打ちのような質問に、フレイヤとティエラがびくっと肩を震(ふる)わせた。

「そ、それを聞いてどうしようってんだ⁉」

「女騎士は恋愛禁止……というより色恋沙汰(ざた)にうつつを抜かす暇(ひま)なんてありませんから、わたくしに交際相手はおりませんわ」

「質問の意図がわからぬが……なにゆえそんなことを訊くのだ？」

不思議がるミュンデたちに、颯馬は星降る洞窟にまつわる伝説を語りだした。

ある村に愛しあう男女がいたが、互いの親が不仲だったため結婚どころか会うことすら禁じられるようになった。そんな日々から抜け出すために男女は駆け落ちしようとするが親に見つかり洞窟へ逃げこんだ。その洞窟は一度入ると二度と生きては出られないほどに複雑な構造をしており、両親は自分たちの身勝手で子どもを殺してしまったと後悔した。だが数日後、男女はぼろぼろになりながらも鍾乳洞から出てきた。そのことに互いの親は喜び、男女の結婚を心から祝福した——……

「——その洞窟っていうのが、ここなんだ」

恋愛成就のパワースポットとして若者に人気なことを知った颯馬は、洞窟内にほこらを作り、観光地にしてしまったのだとか。立地には恵まれていないため参拝客は少ないが、御利益はあるらしく根強い人気を誇っているのだそうだ。

「素敵ですわっ。ぜひ行ってみたいですわっ」

「ほこらって、このあたりにあんのか？」

まだ眠いのかハイドラは無関心そうにうつろな瞳をしているが、ティエラとフレイヤは興味津々といった様子だ。

　そのリアクションに颯馬は嬉しそうな顔をしつつ、

「ほこらは出口方面にあるから、参拝するのは明日になるかな」

「明日だと⁉　五時間で出られるのではなかったのか！」

「出ようと思えば出られるけど、今日はここに泊まるよ」

「ど、どど洞窟に泊まるだと⁉」

　ミュンデは二度驚かされた。

　ミュンデは鍾乳洞が安全だと信じたわけではないのだ。こんなところで眠れば永眠することになるかもしれない。

「洞窟内には大きな空洞がいくつかあってね。ここから近いところだと、一時間くらいで到着するよ」

　空洞にはカマドにテーブルにベッドなどが設けられ、寝具に調理具に食器類がレンタルされており、休憩所として利用されているらしい。

「てこたぁ、夕飯はここで作るのか？」

「うん。美味しいご飯を作るから、期待して待っててね」

「ああっ、期待しとくぜ！　颯馬の作る飯は美味いからな！」

「お手伝いできることがあれば、遠慮なく言ってくださいね」

などと楽しげにおしゃべりする三人。その輪に加わることなく、ミュンデは見えないなにかに怯えるように前後左右を振り向きながら歩を進めていた。その結果、

「ひゃあっ⁉」

ぬめぬめしていた地べたに足を滑らせ、しりもちをついてしまった。スカートが濡れ、水が下着まで染みこんでくる。

「だいじょうぶ？」

颯馬に手を差し伸べられるも、ミュンデは自力で立ち上がり、

「これは罠か⁉」と颯馬に詰め寄った。

「ううん。足もとが濡れてるのは、ここが鍾乳洞だからだよ」

ミュンデは小首を傾げる。

（鍾乳洞とは、地べたが濡れているものなのか？）

先ほどの転倒は罠ではなくミュンデの不注意が招いたことらしい。それは理解できたが
……しかし、このまま鍾乳洞がなんなのかわからないままにしておけば、今度は大怪我を負ってしまうかもしれない。

危険を回避するためにも、恥を忍んで質問したほうがよさそうだ。

「……い、いまさらだが、私は鍾乳洞がなんなのか、よくわかっていないのだ」

恥ずかしそうに目を伏せたミュンデは、ちらっと周囲をうかがう。地べただけではなく、壁や天井にも水滴が滴っていた。

「……鍾乳洞とは、どこもかしこも濡れているものなのか？　というか、鍾乳石とはなんなのだ？」

フレイヤが知っていたということは、これは一般常識なのだろう。無知を笑われるかもしれないと覚悟したが、颯馬はにこやかに解説してくれた。

「鍾乳洞では、石灰岩を溶かした地下水が天井から染み出てるんだ。そうして滴り落ちた水が何年もかけて積み重なって、鍾乳石になるんだよ」

「難しい話はよすのだ……」

颯馬がなにを言っているのかわからない。ミュンデは頭が痛くなってきた。

「無駄だぜ颯馬。団長は難しい話が苦手なんだ」

「面目ない……」

「ううん。いまのは、ぼくの説明がわかりにくかっただけだよ。だけど、まあ……百聞は一見にしかずって言うし、実際に鍾乳石を見てみれば鍾乳洞がどんな場所なのかわかってもらえると思うよ」

「そういえば、かれこれ一〇分は歩いていますが鍾乳石は見当たりませんわね」

「うん。……実は、このあたりの鍾乳石は戦時中に破壊されちゃったらしいんだ」

「そんなっ！　鍾乳石を壊すなんてひどいですわっ！」

「まあ……鍾乳石は串刺しトラップだと思われてたからね。仲間が罠にかからないように壊したんだと思うと責めるに責められないよ。それにすべての鍾乳石が壊されたわけじゃないしさ。奥に行けば行くほど綺麗な状態が保たれてるよ」

颯馬の説明にティエラは納得した様子だが、ミュンデは理解できなかった。まずもって鍾乳石がわからないのだから理解しようにもできないのだ。

（話をまとめると、鍾乳石とは杭に似た石。それがつららのように天井からぶら下がっているということか？　そんな危険な石、壊してしまったほうがいいに決まってるではないか）

自然にできたものとはいえ……否、自然にできたものだからこそ突然落下する可能性があるのだ。安全のためにも壊したほうがいいし、なんなら洞窟自体を封鎖すればいい。

「――わあっ!?」

物思いに耽っていたせいで、またしても前方確認を怠ってしまった。フレイヤの背中にぶつかったミュンデは慌てて顔を上げ、

「す、すまぬ。考え事を……」

息を呑む。

てらてらとした光沢を放つなめらかな天井から、まっしろな柱が伸びていたのだ。風が吹けば折れてしまいそうなくらい繊細な柱は寄り集まるように伸び、ランプの光を受けてシャンデリアのように美しく輝いている。

そんな突然目の前に現れた幻想的な光景に、ミュンデは思わず見入ってしまう。

「あれは鍾乳石の赤ちゃんですか？」

ティエラの声に、ミュンデは我に返る。

ティエラが指さすほうを見ると、天井には小指の先にも満たない長さの突起がいくつかできていた。

「赤ちゃんといっても、あの大きさになるまで三〇〇年はかかってるけどね」

「三〇〇年だと⁉」ミュンデはシャンデリアのような鍾乳石を指さした。「だったらあの大きさになるまでいったい何年かかると言うのだ！」

「何万年もかかってるよ」

「そ、そんなにか……」

一メートルに満たない柱が途方もない年月をかけて生まれたものだと知り、ミュンデは言葉を失った。

そして、先ほどティエラが憤っていた意味を理解する。

星降る洞窟という名のとおり、かつてはそこかしこに鍾乳石が群生し、さながら満天の星のような輝きを放っていたのだろう。

きっとそれはとても幻想的で、いつまでも眺めていたいと思えるほどに美しい光景だ。

（我々は、そんなにも貴重な鍾乳石を……あんなにも美しい鍾乳石を、破壊してしまったのか……）

そう考えると、ミュンデは言いようのない罪悪感に駆られた。

「……我らの祖先が、すまないことをした」

不意打ちのような謝罪に目を瞬かせた颯馬は、その顔に笑みを広げていく。

「ミュンデさんは優しいんだね」

ミュンデは目をぱちくりさせる。

「な、なぜそうなるのだ？」

「だって、ミュンデさんはなにも悪いことしてないじゃない」

「だ、だがあれは……鍾乳石は、魔族にとってとても大切なものなのだろうっ？　そんなものを壊したとあっては、魔族にあわせる顔がないではないかっ」

これまでミュンデは、人類は被害者だと思い続けてきた。魔族は悪だと信じ続けてきた。

けれど、それは思い違いだったのだ。

「これでは、どちらが悪かわからぬな……」

「どっちか一方が悪いんじゃなくて、どっちもどっちだったんだよ。だから、悲劇を繰り返さないためにも、お互いのことをきちんと理解しなくちゃいけないんだ」

「だ、だが……みんな、魔族への誤解を解いてくれるだろうか？」

ミュンデは不安げに声を震わせた。

聖十三騎士団は人類を魔族の脅威から守るべき存在だ。その団長たるミュンデが立場を一転させて魔族との共存を謳おうものなら、人々は不安感に襲われ、パニック状態に陥るだろう。

ミュンデはいまになって聖十三騎士団団長という肩書きの重さを理解した。

（私の一言で、人々の平穏が崩れるかもしれない……）

いろいろと考えてはみたが、人類と魔族が共存できるという保証はどこにもないのだ。いたずらに人々の不安を煽るくらいなら、いっそのこと現状維持に努めたほうがいいかもしれない。

なんて弱気になっていると——

颯馬が、にこりと笑った。

「だいじょうぶ。だって……ミュンデさんは、もう誤解を解いてくれたでしょ？」

ミュンデは、はっと目を見開く。

颯馬の一言で、不安は吹き飛んでしまった。

幼少の頃より魔族の恐ろしさを語り聞かされ、魔族に対する敵意を植えつけられてきた聖十三騎士団団長たるミュンデが、いまでは魔族と仲良くしたいと思っているのだ。数が数だけに難しいかもしれないが、いつの日かアーガルドは人類と魔族が共存できる世界に生まれ変わるはずだ。

そのことに気づかせてくれた颯馬に――背中を押してくれた颯馬に、ミュンデは感謝を隠しきれない。

ミュンデはまっすぐに颯馬を見つめ、本心から語る。

「私は、貴殿を誤解していたようだ。この先も貴殿に対し失礼なことを言ってしまうかもしれぬが、それは無知ゆえのこと。そのときは、無知な私を教育してやってほしい。私は人類の先頭に立つ者として、もっともっと魔族のことを知りたいのだ」

「もちろんだよっ。これからはなにかわからないことがあったら、遠慮なく訊いてね」

颯馬は嬉しげに声を弾ませると、一同をつれて再び歩き始めた。

ややあって分かれ道が現れる。

「どちらへ進むのだ？」

「どっちに進んでも同じ空洞にたどりつくよ。だけど今回は左かな。右のほうが鍾乳洞は多いけど、道が険しくなってるからね。安全な通路のほうが、みんなも安心して鍾乳石を観賞できるでしょ」

と、そうして颯馬が左へ進もうとしたところ、

「ちょっと待つので……待つのじゃ」

ハイドラが呼び止めた。

「全員が同じ通路を進んでは、洞窟の魅力が存分に伝わらぬ。そこで提案じゃが、ここで二組に分かれぬか？　空洞にて合流し、互いの通路の感想を言いあうのも面白かろ」

「そうだなぁ……。ミュンデさんたちがそれでいいなら、ぼくは構わないよ」

「私は構わぬが、できれば右へ進みたい。そちらのほうが、鍾乳石が多いのだろう？」

「ならば、わしはミュンデと右へ行くのじゃ。わしももっと鍾乳石が見たいからのぅ」

「わたくしは颯馬さんの解説を聞きながら眺めたいですし、左へ行きますわ」

「あ、あたしも颯馬と一緒がいいぜっ！」

「決まりだね。それじゃあふたりとも気をつけてね」

「うむ。ではまた」

ミュンデは三人に別れを告げ、ハイドラとともに右側の通路へ向かうのだった。

◆

颯馬と別行動を取って一〇分が過ぎた頃――。

となりを歩いていたハイドラがふいに立ち止まった。

宝石のように光を反射する鍾乳石を眺めながら歩いていたミュンデは、足音が途絶えたことに気づいて振り返る。

ハイドラが、まっすぐにミュンデを見つめてきていた。その瞳には険しさが宿っている。

「どうしたのだハイドラ殿？　歩き疲れたのか？　お腹が痛むのか？　ならば私がおんぶするが……」

ミュンデが気遣うと、ハイドラの表情はさらに険しくなった。

「……おぬしは女騎士じゃろ。なぜ魔族の身を案じておるのじゃ」

まじめなトーンで問われ、ミュンデは真剣な面持ちになる。

「ハイドラ殿も聞いていただろう。私は魔族を悪だと信じていたが、此度の旅行でそれが誤解だと知ったのだ」

最初は魔族に優しくされて戸惑い、なにか裏があるのではないかと邪推したが、ついに魔族から悪意は感じ取れなかった。

そう感じるのも無理はなかった。魔族は優しい種族だったのだ。優しいふりをしているのではなく、慈愛の心を持っていたのである。

フレイヤも、ティエラも、魔族を信じていいものかと葛藤したはずだ。そして、自分の意思で決めたのだ。

「魔族は、我らの敵ではない。人類と魔族はきっと……否、必ず仲良くできる。私はそう確信している。私とハイドラ殿が、友達になれたようにな」

ミュンデがそう言ってほほ笑むと、ハイドラは不愉快そうに鼻を鳴らした。

「まさか聖十三騎士団がここまで愚かだったとはな」

「愚か？　さっきからいったいどうしたのだ、ハイドラ殿？　なんだか様子が変だぞ」

ハイドラの豹変ぶりに、ミュンデは戸惑いを隠せない。

「愚鈍な女め。誇り高き紅竜たるこのわしが、洞窟の魅力を知ってもらうために別行動を促したと――本気でそう思っておるのか？」

「ち、違うのか？」

「大違いじゃ！　わしは魔王の身を案じ、此度の旅に同伴した。おぬしら聖十三騎士団に魔王を殺されてはたまらぬからな！」

「そんなことはしない！　私は――私たちは、颯馬殿への誤解を解いている！」

「おぬしらが女騎士の本分を忘れようと、わしにとっておぬしらは敵じゃ！　大敵じゃ！ゆえに――」

ハイドラの四肢が赤い鱗に覆われる。細い手足は何倍にも膨れあがり、繊細な指先から鋭い爪が飛び出した。

小ぶりながらも、それは紅竜の四肢だった。

「わしはここでおぬしを殺す」

鋭い爪をぎらつかせるハイドラに、ミュンデは思わずあとずさる。

「な、なにを言いだすのだ。我らは友達になったではないか……」

「この期に及んでまだ言うか！　それはおぬしを油断させるための演技じゃ。わしはこの場でおぬしを殺す！　そのあとはおぬしの仲間を八つ裂きにしてやるのじゃ！」

「そ、そんなことはさせぬ！」

ミュンデは聖剣の柄に手をかけた。

魔族はひとりにつき一つの魔法しか使えない。そして紅竜は変身魔法の使い手だ。保護魔法は使えず、ゆえに聖力を宿したミュンデの攻撃はハイドラを一撃で葬れる。

先日までのミュンデであれば、ためらうことなく殺していたはず。

だが、いまはためらいが生じている。

柄に手をかけつつも、抜剣できずにいた。

魔族を殺せば人類が報復を受けるかもしれない——なんて理由でためらっているのではない。

ミュンデにとって、ハイドラは友達だ。

どんな理由があろうと、友達は殺せない。殺せるわけがない。

（そ、そうだ！　颯馬殿ならなんとかしてくれるかもしれん！）

あらゆる魔法を使いこなす颯馬なら、ハイドラを傷つけずに無力化できるはずだ。そのあとじっくりと腹を割って話しあえば、今度こそハイドラはミュンデを友達として認めてくれるはずだ。

そうと決まれば急がなければ。

「覚悟っ！」

と、フェイントのように叫(さけ)び、ミュンデは身を翻して来た道を引き返す。

「逃がさぬ！」

ハイドラが追いかけてくる。しかし紅竜状態ならまだしも、いまのハイドラは子どもだ。

おまけにずんぐりとした手足にほっそりとした胴体とアンバランスな体つきになっている
ため思うように走れないのか、ハイドラの足音はみるみるうちに遠ざかっていった。

「うわぁあああ颯馬殿おおぉぉお！」

ぬるぬるとした通路を転(こ)けないようにしつつ全力疾走していたミュンデはついに颯馬の
姿を捉えた。

鍾乳石を観賞していた颯馬たちはびくっと震え、驚きの眼差(まなざ)しを向けてくる。

「うわあっ！　どうしたのミュンデさん⁉」

「ハイドラ殿が！　ハイドラ殿がぁっ！」

息切れで上手(うま)くしゃべることができず、無事に颯馬のもとへたどりつけたという女心感
から全身の力が抜け、ミュンデは座(すわ)りこんでしまう。

「ハイドラになにかあったんだね？」

それでもミュンデの様子からただごとではないと察したようだ。颯馬は深刻な顔でそう

訊いてきた。

「あった！　あったのだ！　は、ハイドラ殿が――」

「まさかはぐれちまったのか？」

と、フレイヤが話を遮るように言った。

「もしそうなら一大事ではありませんか。封鎖通路に迷いこんでしまえば生きては出られないのでしょう？」

「だいじょうぶ。召喚魔法を使えばいますぐにハイドラを呼び出せるからね」

ハイドラが無事に救出されるとわかり、フレイヤとティエラは安心したように吐息した。

ふたりとも心の底からハイドラを心配しているのだ。そんなふたりがハイドラの豹変を知れば、どれだけ悲しむことか……。

だが、言わねばならない。

ハイドラをこの場に召喚すれば、襲いかかってくるかもしれないのだ。

まずは事情を説明し、覚悟を決めてもらわなくては。

「召喚魔法を使う前に、私の話を聞くのだ！」

ミュンデは声を張り上げ、事情を説明した。

「ハイドラちゃんがそんな怖ろしいことを考えていただなんて……」

「けど、団長はこんな冗談を言う奴じゃねーぜ」

「本当……なんだね？」

ミュンデは小さくうなずいた。

「私だって、あれは悪い夢だと信じたい。だが、ハイドラ殿は私を……我らを殺すと断言したのだ」

「ハイドラがそんな怖ろしいことを口にするとは思えないけど……でも、ミュンデさんが嘘をついてるとも思えないな。わかった。とりあえず、ハイドラを呼び出すよ。念のため三人はぼくのうしろに隠れてて」

と、ミュンデ一行がうしろに隠れたのを確認すると、颯馬は腕を前に伸ばした。正面に幾何学的な紋様が浮かびあがる。地面に現れた魔法陣は青白い光を放ちつつ広がっていき、通路が明るく照らされていく。

その眩さにミュンデは目を瞑ってしまいそうになるが、ことの顛末を見守るべく、目を開き続けた。

そうして視界を保ち続けること十数秒――。魔法陣が消えたとき、そこにはハイドラの姿があった。

小さな手で目を塞いでいたハイドラは、おそるおそるといった様子で手を離していき、颯馬を見つけた瞬間、全身の力が抜けたようにへなへなとへたりこんでしまった。

ぐしぐしと目元を擦り、すんすんと洟をすする。

「よ、よかった……わしが迷子になったことに、やっと気づいてくれたのじゃな……」

ハイドラは涙目で一同の顔を見まわす。

「目覚めたら真っ暗で、すごく怖かったのじゃ……。叫んでも返事はないし、寝てる間に捨てられたと思ったのじゃ……。わしって、いらない娘なのじゃろうか？」

ちょっと見ない間に、ハイドラはむちゃくちゃネガティブになってしまっていた。その豹変ぶりにミュンデが戸惑っていると、フレイヤとティエラがじぃっとこちらを見つめてきた。

ミュンデは慌てて首を振る。

「私は嘘などついてないぞ!?　本当だ！　信じてくれ！」

「んな必死になるこたぁねーぜ。団長を疑うつもりはねえからよ。けどよ……ハイドラが嘘をついてるようにも見えねーんだよな」

「ですわね。ハイドラちゃん、ガチ泣きしてますもの」

たしかに演技には見えないが、先ほどのハイドラにも嘘をついている様子はなかった。

「あのさ、ハイドラ。さっき『寝てる間に捨てられた』って言ってたよね？　それ詳しく聞かせてもらえる？」

颯馬がしゃがんで話しかけると、ハイドラはこくりとうなずいた。

「川遊びが終わったあと、颯馬におんぶされたところまではおぼろげながらも覚えておるのじゃが……起きたら知らない場所にいたのじゃ。寒いし、暗いし、地面はぬめぬめしておるし、知らぬ間に手足が紅竜状態になっておったし……。もう、わけがわからぬのじゃ。……もしかしてまだ夢のなかなのじゃろうか？」

「現実だよ。てことはミュンデさんを殺そうとしたことも覚えてないんだね？」

「ころ……？」

ハイドラの目が点になる。

言葉の意味が理解できなかったのだろう。

やがて意味を理解したとき、ハイドラは全力で首を振った。

「な、なぜわしがミュンデを殺さねばならぬのじゃ⁉　そんなことをしようとすれば返り討ちにされるじゃろ！　ミュンデは聖十三騎士団の団長なのじゃぞ⁉」

「私はハイドラ殿を傷つけぬ！　我らは友達ではないか！」

「わしだっておぬしと同じ気持ちじゃっ！　おぬしたちと川で遊んだとき、わしは本当に楽しかったのじゃ。おぬしらとなら友達になれる。そう確信が持てたのじゃ。それをなぜ殺さねばならん！」

「だけど、ミュンデさんはハイドラに殺されかけたって言ってるんだ」

「わしにそのような記憶はない！　ほ、ほんとうじゃぞ？　信じてくれぇ……」

　ハイドラは颯馬の足にしがみつき、必死に疑いを晴らそうとする。

「もちろんぼくはハイドラを信じてるよ。一〇〇年のつきあいだもん、ハイドラがそんな酷いことを言うような娘じゃないことくらいわかってるよ」

　颯馬が優しく笑って語りかけると、ハイドラは安堵したようにため息をついた。

「あのさ……これ、団長を襲った記憶だけすっぽり抜けてんじゃね？」

　フレイヤの言葉に、ティエラはそういえば、と口を開く。

「他人の心を支配する魔法があると本で読んだことがありますわ。……ハイドラちゃんは、その魔法で操られたのではありませんの？」

「憑依魔法か。ティエラさんの言うとおり、それを使われたのかもしれないね」

　と、颯馬はハイドラの頭に手を置いた。

「ひょっとしたらまだ操られてるかもしれないし、念のため解除魔法を使っておくよ……っと、これでよし」

「……ハイドラ殿か？」

「わしじゃよ」

「よかった、ハイドラ殿だ……」

きりっとした顔のハイドラを見て、ミュンデは胸をなで下ろす。

「にしても、ハイドラを操ったのはいったいどこのどいつだ？」

「誰の仕業かはわからないけど、犯人は必ずぼくが見つけだすよ。だから、魔王領を……魔族のことを嫌いにならないでほしいんだ」

颯馬が、切実そうに見つめてきた。

ミュンデたちは顔を見合わせ、それからにこりとほほ笑んだ。

どうやら今回は、満場一致だったようだ。

◆

一騒動あったものの、その後は何事もなく通路を進み、ミュンデたちは無事に休憩所へたどりついた。

洞窟内とは思えない広さだ。水気を帯びた壁にはランプが固定されており、空洞全体が淡い光に包まれている。休憩所なだけあり空洞内にはベッドにテーブル、それにカマドが並べられていた。

複数の通路がこの空洞に通じているのだろう。壁にはいくつかの穴が空いており、そのうちの一つには通路を塞ぐようにして『この先スライムの住処にて立ち入りを禁ずる』と記された看板が立てられている。

そんな空洞にて、ミュンデたちは休息を取っていた。ほかに観光客は見当たらないが、ミュンデ一行だけしかいないわけでもない。

ベッドでくつろぐミュンデ一行から五〇メートルほど離れたところ。スライムの縄張りへと通じる穴の前に、一つの人影があったのだ。

それは半透明な青い肌を持つ娘であった。

歳の頃は一五、六といったところか。まるで頭から粘液をかぶったかのように身体中がゲルまみれだった。水たまり上に立っているようにも見えるが、あれも身体の一部らしい。娘の動きにあわせて水たまりも移動するのをミュンデは目にしていた。

あれこそがスライムである。

といっても、ただのスライムとは違う。

通常のスライムは感知魔法の使い手だが、なかには変身魔法を使う個体も存在する。

そうしたスライムはひとの姿を取ることができ、人語を扱うことができるため、ひとと意思疎通を図れるのだ。

ある程度コミュニケーションが取れるためスライム娘は臆病ではなく、颯馬に頼まれて星降る洞窟の管理人を務めているのだとか。

「ふわあ……。なんか眠くなっちまったぜ……」

スライム娘をぼんやり眺めつつ物思いに耽っていると、フレイヤがあくびをもらした。綿が潰れて硬くなったベッドに寝転がり、うとうとしている。

オーク村の布団に比べると粗末なものだ。寝転がれば背中を痛めるのは目に見えている。だが、贅沢は言えない。今日はいろいろあって疲れたし、空洞内の淡い光は眠気を誘う。

つられてあくびしそうになったミュンデは頬を叩き、きりっとした顔で言う。

「颯馬殿が働いているのに、我らだけ眠るわけにはいかぬ」

颯馬は『ちょっと食料を獲ってくるよ。ハイドラ、手伝ってくれる？』と言ったきり、かれこれ一時間は空洞を留守にしている。

「しっかし食料調達って、いったいなにを調達するつもりなんだ？」

「謎ですわね。颯馬さん、空洞には蝙蝠と鼠くらいしかいないと言ってましたのに……」

「……まさか、それを捕まえるつもりじゃあるめーな？」

「さすがにそんなものを我らに振る舞おうとは思うまい」

「だ、だよな」

などと可能性を否定しつつも、ミュンデ一行は嫌な予感を拭えなかった。

……結果として、予感は的中することになる。

「お待たせ～」

清々しい笑みを浮かべて戻ってきた颯馬の手には、四羽の蝙蝠がぶら下がっていたのだ。

ぴくりとも動かないところを見るに、すでに絶命しているようだ。

「一羽はわしが獲ったのじゃ！」

大ぶりの蝙蝠を指さして得意満面に報告してくるハイドラに、ミュンデらは引きつった笑みを向けることしかできなかった。

「わあ～、たくさん獲れましたねえ～」

スライム娘がにこやかに笑いながら近づいてくる。透き通った青い肌は一糸纏わぬ姿で、心臓部には真紅の球体が埋まっている。

「一羽はわしが獲ったんじゃよ……」

褒めてほしそうな顔をするハイドラに、スライム娘はにへらと笑う。

「すごいですねえ～」

「じゃろっ？　蝙蝠にゆっくり近づいて、えいやっ、って感じで獲ったのじゃ！」

ハイドラはご満悦だ。身振り手振りを交え、捕獲シーンを再現している。

ひとしきりスライム娘に褒められたハイドラは、うきうきとした口調で颯馬に告げた。

「さっそく調理に取りかかるのじゃ！　血抜きはわしに任せるがよいぞっ！」

「うん。お願いするよ」

「それでは調理具を持ってきますねえ～」

スライム娘はずるずると水を引きずり、立入禁止の通路へと向かう。あの奥に調理具が保管されているようだ。

「すぐにご飯にするからね。もうちょっと待っててよ」

颯馬はそう言い残してカマドのほうへ歩いていく。それを見送り、ミュンデ一行は顔を見合わせた。

「あれを食おうってのか？　ありゃどう見ても蝙蝠だぜ？　正直食いたくねーよ……」

フレイヤは颯馬に聞こえないように小声で愚痴る。

「いろいろと経験したいとは思ってますが、さすがにこれはハードルが高すぎますわ」

「だ、だが蝙蝠はすでに死んでいる。その命に感謝し、残さず食さねばなるまい」

「そりゃそうだけどよ……。あっ、そうだ。なあ団長、昼飯の詫びに蝙蝠料理やるよ」

「いらぬっ。いらぬが……こんなこと、颯馬殿には口が裂けても言えぬ……」

「ですわね。特にハイドラちゃんには悟られてはいけませんわ。だって、あんなにも楽しそうにお手伝いしてるんですもの……」

「直接言うのは気が引けるが……どうにかして察してもらわねーと、あたしらの身がもたねーぜ」

ミュンデたちは顔を曇らせ、深々とため息をついた。

颯馬はいつもミュンデたちのことを第一に想ってくれているのだ。颯馬が調理する以上身体に悪影響は出ないはず。だが、だからといって食べたいとは思わない。

（フレイヤの言うとおりだ。なんとかして颯馬殿に我らの想いを察してもらわねば……）

しかしどうしたものか……。

ミュンデが頭を悩ませていると、ぷぅんと生臭い臭いが漂ってきた。ハイドラが蝙蝠の血抜きを始めたのだ。

あまり見たくはない光景だが、自分たちが口にする（予定の）ものである。調理工程を確認するのは大事なことだ。

ミュンデはカマドへ向かい、そっとうしろから作業を眺める。

ハイドラは鼻歌交じりに蝙蝠の首を切り落とし、逆さに持って鍋に血を滴らせていた。

そのとなりのテーブルでは、颯馬がナイフを操っている。

いったいなにを切っているのか。

(まさか鼠(ねずみ)ではあるまいな⁉)

どうかまともな食材でありますようにと願いつつ、ミュンデはうしろから覗(のぞ)きこむ。

花だった。

(なぜに花……?)

リアクションに困るミュンデだったが……、よく見ると見覚えのある花だった。たしか川辺に咲いていたものだ。ミュンデたちが川遊びをしていたときに採取したのだろう。

「その花は蝙蝠料理に添(そ)えるのか?」

ミュンデの問いに、颯馬はナイフを置いて答える。

「添えるんじゃなくて、食べるんだよ」

「花を……食べるのか?」

蝙蝠よりは遙かにマシだが、あまり食べたいものではない。

「この花はあますところなく食べられるんだ。たとえば根っこは刻むと生姜(しょうが)みたいな味の汁を出すよ。ここは肌寒いからね、この花のエキスが染み出たスープを飲めば、身体の芯(しん)からぽかぽかになるってわけ」

「なるほど。では花びらはどうするのだ?　そのまま食べるのか?」

「ううん。花びらは生で食べると辛くて舌がぴりぴりしちゃうよ。だけど加熱することで甘味が出るんだ」

「つまり甘味のあるスープというわけか。……それは、なんというか……組みあわせ的に美味しいのだろうか？」

「組みあわせ？」

「うむ。蝙蝠は動物の……鼠の血を吸っているのだから、肉の味も血腥いのだろう？　そんな味のものに甘いスープという組み合わせは、正直言うと美味しくないと思うのだが……」

ミュンデは、遠回しに蝙蝠料理を食べたくないと颯馬に伝える。すると颯馬は首を振り、

「この洞窟に棲息する蝙蝠は日中こそ天敵のいない洞窟内で過ごしてるけど、夜になると洞窟を出て森の果実を食べるんだ。だからこの蝙蝠の肉は甘味があって美味しいんだよ」

つまり組みあわせ的に問題はない――どころか甘味と甘味の相乗効果で蝙蝠料理はより美味しく感じられるというわけか。

そう考えるとミュンデは少しだけ蝙蝠料理に興味が湧いてきた。それと同時に、颯馬の知識に感心する。

「なるほど……。颯馬殿は物知りなのだな」

「伊達に一〇〇年生きてないよ」

颯馬は照れくさそうにはにかむが、ミュンデは心底感心していた。

いろいろなことを親身になって教えてくれる颯馬との会話はとても楽しいし、なにより
ためになる。旅行に来てよかったと、ミュンデはあらためて思うのだった。

(だが、花はともかく蝙蝠はなぁ……)

ミュンデが顔をしかめていることに気づいたのか、颯馬は苦笑する。

「やっぱり美味しそうには見えないよね」

指摘されたミュンデはびくっとする。誤魔化そうかとも思ったが、颯馬に嘘はつきたく
なかった。ミュンデは正直にうなずき、

「颯馬殿には申し訳ないが……蝙蝠は、食欲をそそる食べ物ではないな」

控えめに告げたからか、颯馬にショックを受けている様子は見受けられなかった。

「ぼくも、はじめはミュンデさんと同じだったよ」

ミュンデは意外そうに眉をひそめる。

「颯馬殿にも蝙蝠が苦手な時期があったのか?」

「うん。ぼくの生まれ故郷では、蝙蝠を食べる習慣はなかったからね。そんなだから海外
旅行先で蝙蝠料理を出されたときはどうしようかと困ったよ。正直食べたくなかったけど、

手をつけずに残すのは悪いし、それに違う食文化に触れるのも旅行の醍醐味だからね」

「それで……その蝙蝠料理はどうだったのだ？」

おそるおそるたずねると、颯馬はにこりと笑った。

「食べてみるとすごく美味しくて、勇気を出してよかったと思えたよ」

「そうか……」

「……ミュンデさんは、魔王領に来るのが怖くなかった？」

「正直、とても怖ろしかった。だが、いまは来てよかったと思っている。……蝙蝠料理も、そうなのか？」

「うん。ミュンデさんにも、きっと勇気を出して食べてよかったと思ってもらえるはずさ。鍾乳洞で作る蝙蝠鍋は絶品だからねっ」

「ふむ？　鍾乳洞で作ると特別美味しくなるのか？」

颯馬は再びうなずき、カマドを指さした。カマドには鍋が置かれ、ぐつぐつと湯を沸騰させている。

「さっきは蝙蝠肉には甘味があるって言ったけど、多少の臭みは残るんだ。でも鍾乳洞の水は硬水だからね。よぶんなタンパク質をアクとして抜き出してくれるから、肉の臭みは消えるんだよ」

「難しい話はわからぬが……とにかく、ほかの場所で食べるより美味しくなるということだな？」

「うん」

「ならば……せっかく旅行に来たのだ。颯馬殿を信じ、食べてみるとしよう」

「ありがとっ。頑張って作るからね」

と颯馬が嬉しそうに声を弾ませたところで、

「よーっし、血抜き完了じゃ！」

ハイドラが爽やかな笑みをたたえて報告する。

「お疲れさま」

お礼を言うと、颯馬はぐつぐつと煮立つ鍋に蝙蝠を入れた。そこへ、先ほど刻んだ花を投入する。

「あとは煮るだけですか？」

ティエラが判決を待つ囚人のような顔をしてたずねる。

蝙蝠料理を口にする瞬間が訪れるのを怖れているのだろう。

「三〇分くらい煮たら、蝙蝠はいったん取り出すよ」

「その蝙蝠はどうするのですか？」

「皮膚を剥がして、骨を除いて、肉だけ煮汁に入れるんだ。あとは五分くらい煮るだけで蝙蝠鍋のできあがりだよ」

「へ、へえ。そいつは楽しみだぜ……」

乾いた笑みを浮かべるフレイヤに、ハイドラは「わしもっ！」と無邪気な笑みを向ける。

「小一時間後には、蝙蝠は腹のなかか……」

勇気を出して食べると宣言したものの、怖いものは怖い。ミュンデは緊張を薄めるべく仲間たちと会話をしつつ、蝙蝠鍋の完成を待つことにした。

だがミュンデ一行のこわばった表情は、三〇分が過ぎ、颯馬が鍋のふたを開けた途端に緩和した。

「な、なんかすげー美味しそうな香りがするぜ？」

「生臭いと思ってましたが、甘い香りがしますわね。匂いだけなら、美味しそうですわ」

ミュンデたちが鼻をひくひくさせていると、颯馬が鍋から蝙蝠を取り出した。慣れた手つきで皮を剥ぎ、骨を取り除き、再び鍋に投入する。

さらに五分が過ぎたところで、颯馬は食器が並べられたテーブルに鍋を移し、スープを皿につぎ分けていく。

花びらから汁が染み出たのだろう、白く濁ったスープからは甘い香りが立ち上っている。

浅い皿であるため大ぶりの肉はスープから浮き出てしまっているが、蝙蝠の面影はまるで残っていなかった。調理現場に居合わせなければ、蝙蝠肉とは思うまい。

ほかほかと湯気を放つスープを前に、ミュンデは食欲をそそられる。それを察したのか、颯馬はにこりと笑って言った。

「それじゃあ温かいうちに食べよっか」

颯馬の言葉に、ミュンデたちは席につく。そして、警戒の眼差しで蝙蝠入りのスープを見つめた。

「うまひ！　うまひのじゃあ！」

ハイドラが蝙蝠スープに舌鼓を打っている。颯馬が「そんなに慌てて食べたら口のなかやけどしちゃうよ」と注意しているが、ハイドラはお構いなしだった。直接皿に口をつけ、ズズーと音を立てながら夢中になってスープをすすっている。

「こ、子どもがこんなに美味しそうに食べてんだ。あたしらが好き嫌いするわけにゃいかねーぜ」

「で、ですわね。颯馬さんが作ったんですもの、美味しいに決まってますわ！」

ふたりは自分を奮い立たせるようにそう言って、スプーンを握りしめた。

（私も、聖十三騎士団の団長としてふたりに後れを取るわけにはいかぬな。いざ、実食のときっ！）

ミュンデは白濁したスープをスプーンですくい、ぎゅっと目を瞑る。そして、ぱくっとスプーンをくわえるようにしてスープを飲んだ。

「〜〜〜っ！」

その瞬間、ホットミルクのような甘味が口いっぱいに広がった。飲みこんだ途端生姜の風味が鼻を突き抜け、身体が温もりに包まれる。颯馬の言ったとおり寒気のする鍾乳洞で食べるにはもってこいの料理だ。

「な、なんだこれ⁉ ほんとに蝙蝠の煮汁か⁉ すげえ美味いぞ⁉」

「甘くて美味しいですわっ。これならデザートとしてもいけますわねっ」

「だなっ。煮汁だけでこんなに美味いんだ！ 蝙蝠肉はもっと美味いに違いないぜ！」

ふたりともミュンデと同じ感想を抱いたようだ。スープへの警戒心が解かれたところで、ミュンデはいよいよ蝙蝠肉を食してみる。

大ぶりの肉は身が引き締まっているようで硬そうに見えたが、フォークの脇で押さえてみると、ほとんど力を加えることなく切ることができた。

一口サイズにカットした肉をフォークに載せ、スープの滴る肉を口に含み咀嚼する。

（な、なんなのだ、この軟らかさは⁉）

奥歯で噛みしめた瞬間に肉からスープがあふれ出し、溶けるように喉へ流されていく。

大ぶりだと思っていたが、これならいくらでも食べられそうだ。

「スープの味がよく染みてて美味しいですわっ！　ほんと、颯馬さんはお料理が上手ですわねっ」

「蝙蝠肉って軟らけーんだなっ。もっと硬いと思ってたぜ！」

「硬水には肉を軟らかくする働きがあるからね。それに花が――」

颯馬は先ほどミュンデにしていた話をフレイヤたちに語りだす。フレイヤとティエラは興味深げに話を聞いている。

ミュンデも颯馬の話には興味があるが、料理の説明は先ほど聞いた。いまはそれよりも蝙蝠鍋だ。ふたりが話を聞いている隙におかわりをすれば、フレイヤたちより多めに蝙蝠鍋を食べることができるのだ。

とはいったものの、この味はこの鍾乳洞でしか味わえないのだ。ゆっくり食べなければもったいない。

そう思っていたミュンデだったが、

「おかわりじゃっ」

ライバルの登場に焦りを抱き、ハイドラに負けじと蝙蝠鍋を頬張るのであった。

《第五幕　臓物喰らいの集う村》

旅行三日目——。

ミュンデは肌寒さに目を覚ました。

うっすらと目を開けると、あたりはほのかな明かりに包まれていた。

夜明け前だろうかと思ったが……そういえば寝る前もこんな光景が広がっていたことを思い出す。

（ああ……昨日は鍾乳洞で寝たのだったな）

ゆらゆら揺れるランプの明かりを眺めていると、眠気がさざ波のように押し寄せてきた。

肌寒いなか、ごわごわの毛布にくるまっているのは気持ちがいい。

ミュンデは眠気に抗おうとせず、ゆっくりとまぶたを閉ざしていく。

そのとき、こつこつと足音が聞こえてきた。

ミュンデは目を開け、耳を澄ます。

……足音の主はこちらへ近づいてきているようだ。

魔族への敵意は解いたが、昨日はハイドラに殺されかけた。それはハイドラの意思ではなく、何者かに『ミュンデを襲え』と魔法をかけられていたのだが――

その『何者か』が近くにひそんでいるかもしれないと思うと、警戒心がこみ上げてきた。二度寝に興じる余裕はなくなり、ミュンデは素速く身を起こす。

「……なんだ、颯馬殿か」

足音の主が颯馬だとわかり、ミュンデは胸をなで下ろした。

昨日までのミュンデなら寝起きに颯馬を目にすれば『寝首をかくつもりだったのか』と邪推していただろうが、いまとなっては颯馬に対する敵意はない。欠片も、だ。

結城颯馬は魔王だが、人畜無害な性格だ。それはミュンデにとって確定事項だ。たとえ救世教会に魔王を殺せと命じられても、断固拒否する所存である。

「ごめんね、起こしちゃった？」

颯馬がすまなそうに謝ってくる。こんな少年に敵意を向けろというのは無理な相談だ。

ミュンデは微笑を浮かべて首を振る。

「気にすることはない。ちょうど起きようと思っていたところだ」

「それはよかった。ちょうど起こそうと思ってたんだ」

「であれば、ますます謝る必要はなかろうに……。まあ、ここで起きたのもなにかの縁だ。

起こすのを手伝おうではないか」

「助かるよ。みんなの寝顔を見ていると、起こすのが申し訳なくなっちゃうからね」

ミュンデのとなりのベッドでは、三人が幸せそうな寝息を立てていた。たしかにこれを起こすのは忍びない。

「まったく、颯馬殿はつくづくお人好しだな。よかろう、全員私が起こしてやるのだ」

ミュンデは毛布をはねのけ、勇ましくベッドから出た。途端に肌寒さが押し寄せ、

「くちゅんっ」

とくしゃみする。すると颯馬は羽織っていた上着を脱ぎ、ミュンデに差し出してきた。

「それでは颯馬殿が風邪を引いてしまう」

「だいじょうぶ。元々厚着してたからね。これくらいがちょうどいいんだ」

「……そうか。ではありがたく借りるとしよう」

せっかくの好意を無下にはできない。ミュンデはさっそく上着を羽織った。颯馬は細身だが、それでも男の子。上着はぶかぶかで、ミュンデの指先まですっぽりと覆ってしまう。

「温かいな……」

人肌にぬくもっている上着に、ミュンデはご満悦だ。襟を頬に寄せて暖を取ってみたが、傍目には服の匂いを嗅いでいるように見えるのではないかと思い至り、恥ずかしさがこみ

上げてきた。

　無意識とはいえ、はしたないまねをしてしまった。ミュンデは羞恥に顔を赤く染める。颯馬と視線が交わり、さらに顔が熱くなった。

　無言だと気まずいため、ミュンデは誤魔化(ごまか)すように話題を変える。

「温かいといえば、昨日の蝙蝠鍋は絶品だったな。また食べてみたいものだ」

　思い返すだけでお腹(なか)が空いてきた。最終的にミュンデは三回おかわりをねだり、最後はフレイヤと蝙蝠肉の奪いあいになったのだった。

　そうして蝙蝠鍋のことを思いだしていると、小さく腹の音が鳴った。ミュンデはお腹を押さえた。ますます顔が熱くなる。

「お昼前だからね」と颯馬はほほ笑んだ。

「洞窟なのに時間がわかるのか？」

「体内時計には自信があるんだ」

「さすが颯馬殿だ。その時計、ぜひ私もほしいものだな。……それにしても長いこと寝てしまったようだ。旅に支障は出ないのか？」

「予定通りさ。まあ、みんながミュンデさんみたいに寝起きがよければだけどね」

「まったくだ」

冗談めかした口調の颯馬に、ミュンデは笑ってみせたのだった。

「お気をつけてぇ～」

ミュンデ一行はスライム娘に見送られ、空洞をあとにした。美しい鍾乳石を観賞しつつ三時間ほど歩いていると、分かれ道に差しかかる。ランプで照らすと、片方の通路は行き止まりになっていた。

だが、ただの行き止まりというわけではないようだ。壁際にはほこらが設けられ、そのとなりには腰かけるのにちょうどいいサイズの岩が剥き出しになって転がっていた。

「ここが恋愛成就のパワースポットだよ」

ほこらを照らして颯馬が言う。

「ほう、ここがあの……」

「なあ颯馬、あの岩はなんだ？　あれも鍾乳石か？」

「あれはただの岩だよ。だけど、ただの岩じゃないんだ」

矛盾した説明に、ミュンデたちは小首を傾げた。

「どういう意味じゃ？」

「ほこらの伝説については話したよね。洞窟に迷いこんだ男女はあの岩に座ってお互いの愛をたしかめあったんだ。ただ祈願するだけでも御利益はあるらしいけど、好きなひととあそこに座ればさらに効果が出るらしいよ」

それはそうだろう、とミュンデは納得顔をした。

ここで異性に『岩に座ろう』と誘うのは、告白しているようなものだ。そもそも一緒に観光する仲なわけだし、すでに両想いと言って過言ではない。

（まあ、それを言うのは無粋だろうがな）

冷静に判断したのはミュンデだけらしい。三人は感動したように目をきらきら輝かせていた。

「まさに恋愛の聖地ですわっ」

「御利益の塊じゃねーか！」

「魔王領にこんな場所があったなんて知らなかったのじゃ！」

「……ま、まあ一緒に座る相手なんざいねーけどな」

「で、ですわね……」

「座ってみたかったが、残念じゃのぅ。あーあ、座るだけでいいんじゃが、どこかに暇な男はおらんかのぅ」

ハイドラは白々しくため息をつき、チラッチラッと颯馬を見ている。

「颯馬殿。これは意中の相手がいなければ御利益はないのか？」

「素敵な出会いの御利益もあるって言われてるよ」

まだ好きな相手はいなくても、いつか素敵な相手と巡り会える――そんな御利益もあるということか。

「そういうことなら、せっかくだし祈願しておくとするか」

ミュンデがほこらの前に立つと、三人は慌ててとなりに並んだ。

ミュンデは手を鳴らして黙考する。

（いつか素敵な男性と幸せな家庭が築けますように……などと祈願してはみたが、そんな出会いが訪れるとは思えぬな）

ミュンデには恋愛関係に発展しそうな相手なんていない。幼い頃から女騎士に囲まれて修行の日々を送ってきたし、それにミュンデは神格化されているのだ。いまさら異性との出会いを求めても崇められるのがオチである。ミュンデを普通の女子として扱ってくれる男の子なんて、颯馬くらいのものだろう。

（ふむ。颯馬殿と結婚、か……）

ミュンデは颯馬との結婚生活をイメージしてみる。

……幸せな家庭がそこにはあった。

（こ、これはいかんっ。だめになってしまう……！）

颯馬といちゃいちゃしている姿が脳裏に浮かび、ミュンデはドキドキしてきた。神聖なほこらの前で破廉恥な妄想をしてしまい、なんだか悪いことをしている気分になってきた。なにより恥ずかしすぎるので、ミュンデはそこで祈願をやめた。

ちらと横をうかがうと、フレイヤが顔を真っ赤にしていた。そのとなりではティエラが口元をにやつかせている。

なにを祈っているのかはわからないが、まだまだ時間がかかりそうだ。邪魔しては悪いので、ミュンデは離れたところで待つことにした。

そうしてミュンデがほこらにきびすを返した、そのときだ。

「これだけ願えば叶うじゃろ！　――ひゃあ！」

深々と腰を曲げていたハイドラが急に頭を起こし、どん、とミュンデの背にぶつかってきた。

ミュンデはぬめっとした地べたに足を滑らせ、前のめりによろけた。眼前に岩が迫る。

「危ないっ」

と、颯馬が咄嗟に受け止めてくれたが、勢いあまって押し倒してしまった。せめて顔面強打は避けようとミュンデは空中にて身体を捻り、そのまま岩にしりもちをついた。同じように、颯馬はとなりの岩におしりをぶつける。

「あいたたた……怪我はない？」

「わ、私は無事だ。颯馬殿のおかげで助かっ……」

そこでミュンデは自分たちの置かれた状況に気がついた。咄嗟に立ち上がり、もじもじしながら言う。

「そ、颯馬殿のおかげで助かったが……その、私なんかと縁結びの岩に座ることになってしまい、本当に申し訳ないことをした……」

言われて、颯馬はいま気づいたとでもいうようにはっとした。照れくさそうにはにかみながら、

「ミュンデさんみたいなお嫁さんがいてくれたら、きっと毎日が楽しいだろうね」

「～～～っ」

ミュンデはかあっと顔を赤くする。颯馬が本気で言っているのか冗談のつもりなのかはわからないが、ミュンデの心臓は爆発しそうなくらい高鳴っている。

「わ、わた……わたたっ」

ミュンデは『私もそう思っていたところなのだ』と言うべきかどうか迷ったが……口にすることはできなかった。そんな台詞、恥ずかしすぎて口にした瞬間死んでしまいそうだ。

真っ赤な顔を隠すように目を伏せていたミュンデは、横目にまわりをうかがう。……と、ハイドラたちが羨ましげな視線をミュンデに向けていた。

「わ、わしの祈願が瞬時に却下されたのじゃ……」

ハイドラは涙目だった。フレイヤとティエラは颯馬になにか言いたそうにしていたが、恥ずかしそうにうつむいてしまっている。

「それじゃ、そろそろ先に進もうか」

颯馬が言うと、フレイヤたちはがばっと顔を上げる。なにか言いたそうにしていたが、もじもじするだけで、けっきょくなにかを口にすることはなかった。

「次はどこへ向かうのですか？」

ほこらをあとにしてほどなくした頃、ティエラが気を取りなおすような口調で言った。

「ミイラ村だよ」

「ミイラ村ですって⁉」

颯馬が目的地を口にした途端、ティエラは悲鳴を上げて立ち止まる。一同は足を止め、ティエラを振り向いた。

「ミイラ村についてなにか知っているのか、ティエラよ？」

ミュンデが問うと、ティエラは興奮気味にまくし立ててくる。

「ええ、知ってます！　ミイラは生ける屍なのです！　生者を見ると本能的に襲いかかり、その内臓を食べると本に書いてありましたわ！　……ですが」

と、ティエラはふいに冷静さを取り戻し、颯馬を見つめた。

「この知識も、人類の勘違いなのでしょうか？」

その問いかけに、颯馬は真剣な顔をする。

「いい機会だからいまのうちに言っておくよ。ミイラ村を訪れるにあたって、みんなには一つ心がけておいてほしいことがあるんだ」

突然の注意喚起に、ミュンデたちは緊張の面持ちになる。もしかして、ミイラに関する記録はあっていたのだろうか。だとすると、ミュンデたちの臓物が食われる怖れもあるということだ。

ミュンデは気を引き締め、颯馬の言葉に耳を傾けた。

「実を言うと、ミイラは身体がすっごく弱いんだ。ちょっとしたことで怪我しちゃうから、薬草が練りこまれた包帯を患部に巻きつけてるんだよ。そんな経緯からも、ミイラは薬の調合に長けててね。遠くからミイラ村に薬を買いに来る魔族も少なくないんだ」

「「「……」」」

あまりにも予想とかけ離れた真実に、ミュンデたちは言葉を失ってしまう。拍子抜けもいいところだった。

「……つまり、急にうしろから話しかけたり、いきなり身体に触れてはいけない、ということですわね？」

と、ティエラが話をまとめた。

「うん。びっくりして転んじゃったり、触りどころが悪かったりしたら、最悪命に関わる怪我をするかもしれないからね」

ミイラ族は想像以上に貧弱らしい。

「身体が弱いってこたぁ、あんまり外を出歩かないってことだよな。ミイラ族とも接してみてーんだが、会えない可能性もあるってことか」

「そうだね。ミイラは激しい運動ができないし、屋内仕事で生計を立ててるから、街中で見かけることはないかもしれないね。だけどまあ、夜になれば必ず会えるよ」

「ミイラ族は夜行性ってことか？」

「ある意味ね。まあ行けばわかるよ。きっと今日は楽しい夜になるはずさ！」

意味深な発言をする颯馬に、ミュンデ一行は首を傾げるのであった。

◆

星降る洞窟(ステルラ)をあとにして歩くこと二時間――。

オーク村から続いていた深い森を抜けた一行は、盆地を訪れていた。日差しはきつく、時折吹く風は湿り気を帯びている。汗(あせ)が目に染みこみ、丘陵のない草原に蜃気楼が浮かびあがる。

ミュンデ一行は、へとへとになっていた。

元々はハイドラに乗ってミイラ村へ向かう予定だったらしいが、そのハイドラが『わしだって颯馬たちと楽しくおしゃべりしながら旅がしたいのじゃ！　紅竜(こうりゅう)状態じゃと会話に参加できぬではないか！　なに？　徒歩だと二時間くらいかかる？　なぁに、それくらい余裕じゃよ。楽しい時間はあっという間じゃからなっ！』などと言うものだから、徒歩で向かうことになったのだ。

だというのに……

「お腹空いたのじゃ。暑いのじゃ。だるいのじゃ。どこかで一休みしたいのじゃ……」

強気な発言を飛ばしていたハイドラは、泣きそうな声で弱音を吐いている。

口には出さなかったが、ミュンデもハイドラと同じ心境だった。

（たしかに、これはきついな）

森を抜けたときは『平原か、これで移動が楽になるな』と気を抜いていたが、とんでもない思い違いだった。

まわりを山に囲まれた盆地では滅多に風が吹かないため蒸し暑く、湿気と熱気を帯びた風は吹いていても不快なだけである。

鍾乳洞にいたときは日光が恋しかったが、いまとなっては陽光が恨めしい。とめどなく汗が流れ、身体中べたべただ。目の前に川があったなら、たとえそれが正真正銘の溶解の川だったとしても躊躇なく飛びこんでいただろう。

「鍾乳洞が恋しいですわ……」

「早く風呂に入りてーな……」

「みんな頑張って。あとちょっとの辛抱だよ。ミイラ村につけば、お風呂を貸してもらえるからね」

へとへとなミュンデ一行とは違い、旅慣れた颯馬は涼しい顔をしていた。

「颯馬はすげーな。あたしだって体力には自信あるけど、これはちょっときついぜ」

「喉がからからじゃ……。こう暑いと、空を飛ぶ気にもならぬ」

「温泉は平気でしたのに、この暑さは耐えられませんわ……」

「あぁ、わしはもうだめみたいじゃ。暑さのあまり、村の幻覚が見えてきたのじゃ……」

「ほんとだっ。みんな、もうすぐミイラ村だよ！」

と、颯馬が声を張り上げた。

うつむきがちに歩いていた一同が、がばっと顔を上げる。

村の門が見え、ミュンデたちの顔に生気が宿った。

野生動物の侵入を防ぐためか、村は木柵に囲われている。村に入るには門をくぐらねばならないようで、そこには人影があった。近づくにつれ、人影が鮮明になってくる。

純朴な顔立ちをした小柄な娘だった。地味ながらも露出の多い衣装に身を包み、右目と右腕と右足に包帯を巻いている。

「ついに到着したのじゃあ！」

門に寄りかかるようにして、ハイドラがへなへなと座りこむ。

「ま、ままま魔王様だべかっ⁉」

と、ミイラ娘が震(ふる)える声で颯馬に話しかけた。

「うん。そうだよ」

颯馬がうなずくと、ミイラ娘は目をきらきらと輝かせる。

「うわぁ！　生だべ！　生魔王様見ちゃったべ！　友達に自慢したら羨ましがるだよぉ～！」

きゃっきゃはしゃぐミイラ娘。大袈裟(おおげさ)に感じるが、きっとこれが当たり前の反応なのだ。

なにせ颯馬は王様なのだから。会おうと思っても、そう簡単に会えるものではないのだ。

特にこのあたりは超がつくほど田舎だし、顔も見ずに生涯を終えるのが普通だろう。

それがこうして目の前にいて、親しげに話しかけてくるのだ。ミイラ娘の感動ぶりにも納得(なっとく)がいく。

「村長に案内役を任されました、ラピだべ！　お会いできて光栄だっぺ！」

「うん。よろしくね、ラピさん。ああこれ、お土産(みやげ)だよ」

と、颯馬はミイラ娘に小包を差し出した。黄泉(よみ)めぐり名物『蒸しプリン』だ。

「うわわっ！　まさかお土産までいただけるとは思わなかっただ！　家宝にするべ！」

いまにも卒倒しそうなくらい感動するミイラ娘に、颯馬は「腐(くさ)る前に食べてね」と苦笑する。

「は、はいだべっ！　大事に大事に食べさせていただくべ！」

と、ミイラ娘はミュンデ一行に頭を下げる。

「聖十三騎士団（ホーリーナイツ）ご一行様も、ようこそオラの村にお越（こ）しくださいまして感謝感激雨あられだっぺよ！　いやぁ、まさか生きてるうちにみなさんみたいな有名人様に会えるだなんて思ってもみなかっただ！　なにもないところですけどゆっくりしていってほしいっぺ！」

ぺこぺこと頭を下げるラピに、ミュンデはほほ笑みを向ける。

「そうぺこぺこすることはない。腰を痛めてしまっては大変だ」

「そーだぜ。それより早いとこ宿に案内してくれよ。みんなへばっちまってるからな」

「りょーかいしたべ！　みなさん、オラについてくるだよ！」

生き生きとした調子で語るラピのあとを追い、ミュンデ一行はミイラ村へ身を移した。

真っ平らな土道を歩きつつ、ミュンデはあたりを見まわす。

つまずいて転ばないようにしているのか、村にはゴミひとつ見当たらない。一階建ての住宅しか見当たらないのは、階段での事故を防ぐためか。日中に出歩かないとの情報通り、村は閑散（かんさん）としていたが――たまにすれ違うミイラたちは、どこかしらに包帯を巻いていた。

「のどかですわね」

「これで涼しけりゃ言うことなしなんだがな」

「日が暮れたら涼しくなるべっ！　それに夜になったら、のどかさなんか吹き飛んじまうだよ！」

「ミイラ村のみなさんは、涼しくなってから活動をはじめるのですね」

「それが賢明だぜ。こう暑いと仕事に集中できねーからな」

「あ、ここだべ！　ここがオラの家だよ！　いやぁ、まさか自宅に有名人を案内する日が来るとは思わなかっただよ！　今日という日をオラは一生忘れないだ！」

ラピは声を張り上げて自宅を紹介する。

「ここか……」

宿屋に案内されると思っていたが、ほかの家と同じような一階建ての木造住宅だった。

ラピの口ぶりからして、民宿というわけでもなさそうだ。

（まあ、考えてみれば当然か）

颯馬の説明ではミイラ村は薬の名産地とのことだったが、超がつくほど田舎にあるのだ。

かつてのオーク村とまではいわないが、訪問者は滅多にいないだろう。それゆえ宿屋の経営は成り立たず、訪問者が来たときは村人が自宅に泊めることにしているのだ。

「ささ、こっちだべ！」

ラピの案内を受け、ミュンデたちは屋内へと向かう。

部屋は綺麗に片づけられ、生活に必要最低限のものしか置かれていない。あまりに清潔すぎるため生活臭は感じられないが……つまずいて転ばないよう常に整理整頓を心がけているのだろう。

「魔王様は奥の部屋を、聖十三騎士団ご一行様とお子様はそのとなりの部屋で寝てもらうべ！」

「『様』をつければいいというわけでもないのじゃが……まあよかろう。そんなことより、いまはお風呂に入りたいのじゃ」

「お風呂は向こうにあるべ！　自由に使ってくれて構わないっぺよ！」

「そうさせてもらうのじゃ！　問題は誰から入るかじゃが……」

「別々に入ると時間かかるし、全員で入ろうぜ。も、もちろん颯馬はべつだけどなっ！」

「わかってるって」と、颯馬は苦笑する。「先に言っておくけど、お風呂から上がったら行く場所があるからね。といっても急ぐことじゃないし、まずはゆっくりお風呂に入っておいでよ」

「ありがとな。そうさせてもらうぜ」

と、ミュンデ一行は背中を押しあうようにしてお風呂場へと向かうのだった。

汗を流してすっきりしたミュンデ一行は、清々しい気持ちで広場を訪れていた。

樹林に囲まれた広場にはハイドラ程度ならすっぽり収まってしまいそうな火鉢が置かれ、もうもうと煙を上げている。

「颯馬殿。あれは……？」

ミュンデは颯馬にたずねた。ミイラ村のことは颯馬よりラピのほうが詳しいだろうが、ラピは仕事があると言って先ほどどこかへ行ってしまったのだ。

「あれは常香炉だよ」

さすが旅慣れているだけあって、颯馬は質問に詰まることなく答えてくれた。だが、

「常香炉とはなんなのだ？」

ミュンデには、その言葉の意味するところがわからなかった。

「ミイラ村が薬の名産地ってことは話したよね？　あの香炉は、薬草を練りこんで作った線香を焚いてるんだよ」

「ふむ。常香炉とは線香を燃やすものなのだな。しかし、なぜそんなことをするのだ？煙を見て楽しむものなのか？」

「ううん。見るんじゃなくて浴びるんだ」

「浴びる？」

「うん。あの煙を浴びると悪いところが治るって言われてるんだよ」

「おおっ、そういうことかっ！　薬草を練りこんで作った線香――その煙には、薬と同じ成分が含まれているのだな！」

「じゃが、わしは健康そのものじゃ。べつに治したいところはないぞ？」

退屈そうにあくびをするハイドラ。

「悪いところっていうのは、なにも病気って意味じゃないからね。たとえは……こういう言い方はあれだけど、頭が悪いと思っているなら、頭に煙を浴びせればいいんだ」

「なんとっ！　では胸に浴びせれば胸が大きくなるということじゃな⁉」

ハイドラが食いついてきた。

颯馬は「まあ胸が大きくなったひともなかにはいるんじゃないかな？」と目をそらす。

「つまり魔法の壺というわけですね！」

「へえ、こいつは面白そうだぜっ」

ティエラとフレイヤも常香炉に興味を示す。

ミュンデは常香炉に一歩近づき、鼻をひくひくさせてみた。

「けほっけほっ。こ、これはなかなか、臭いがきついな……」

まるできつい香水を嗅がされているようだ。ミュンデは呼吸するのが苦しくなり、一歩後退する。

「なぁに、良薬は口に苦しと言うじゃろ。これはますます期待が高まるのぅ」

ハイドラはうきうきとした調子で前に進み、ぱたぱたと胸を叩くようにして煙を浴びる。

そのとなりでは、フレイヤとティエラが煙を肩に浴びせていた。

そんなふたりを見上げ、ハイドラは羨ましげにたずねる。

「やっぱり巨乳ともなると肩がこるのじゃろうか？」

フレイヤとティエラは顔を見合わせた。

「ですわね。だけど大きくて得したことなんてありませんわよ」

「だな。あたしは小さい奴が羨ましいぜ」

「贅沢な悩みじゃのぅ。とはいえ、巨乳には巨乳の苦労があるのじゃろう。わしもじきに巨乳になる身。いまのうちに肩にも浴びせておくのじゃ」

きりっとした顔でそう言うと、ハイドラは肩に煙をかけ始めた。

「ほら、団長もぼけっとしてねーで胸に浴びせろよな」

「くっ……！」

冗談めいた口調で言われ、ミュンデは唇を噛みしめた。

「そ、そこまで落ちこむことかよ？　べつに貧乳ってほどじゃねーしさ、気にすることたぁねーと思うが……」

「そうじゃぞ。それで落ちこむのは、あまりにもわしに失礼じゃ。もうよいではないか、膨らんでおるのじゃから」

「たしかに膨らんではいるが……私は、もっと膨らみたい。だから……っ」

ミュンデは屈辱的(くつじょくてき)な気分になりつつ、煙を胸に浴びせるのだった。

「ふぅ……これくらい浴びればいいだろう」

「これで明日には巨乳じゃなっ！　歩くたびに胸が揺れるのじゃ！　楽しみじゃなぁ」

ふたりが満足そうにつぶやいたところで、颯馬が「さて」と切り出した。

「そろそろ夕飯にしよっか」

その一言に、一同の顔がぱあっと明るくなる。

「ちょうど腹が減ってたところだぜっ」

「今日はたくさん歩きましたからね。早くご飯にしたいですわ」

「いっぱい食べてやるのじゃ！」

「今回も颯馬殿が作ってくれるのか？」

来た道を引き返しながら、ミュンデは颯馬の背中にたずねた。焼き魚といい、蝙蝠鍋(こうもりなべ)といい、颯馬の料理には外れがないのだ。

しかし颯馬は首を振り、

「今日は酒場でご飯にするよ」と言った。

「おおっ、酒場か！」

ミュンデは嬉しそうに声を弾ませる。

「颯馬さんの手料理が食べられないのは残念ですが、お酒はお酒で楽しみですわっ」

「だなっ。普段は飲みたくても飲めねーからな」

「ふむ？　聖十三騎士団は飲酒を禁じられておるのか？」

「禁止されてるわけではないのだが……ただ、我らは日々鍛錬を積んでいたのでな。飲酒すれば明日の訓練に支障を来す。それを避けるため、自主的に酒を控えていたのだ」

だがいまは旅行中だ。羽目を外しても問題あるまい。心ゆくまで仲間と酒を酌み交わし、楽しい一時を過ごすとしよう。

「おぬしらはまじめじゃなぁ。わしなんて食べたいときに食べたいだけ食べておったし、寝たいときに寝たいだけ寝ておったのじゃ」

感心したように吐息するハイドラに、ミュンデは微笑を向ける。

「それは魔王領が平和な証だ。私も、いつかは穏やかな日々を過ごしたいものだ」

ミュンデがぐーたらな生活を送るとき――。それは人類と魔族が仮初めではない、真の友好関係を築き、聖十三騎士団が必要ではなくなったときだ。

そんな未来を掴むためにもミュンデは魔王領の魅力を学び、人々に魔王領がいかに素晴らしい場所かを伝えなければならない。ミイラ村においては、ミイラたちの食事がいかに美味しいのか身をもって学ばなければならないのだ。

「颯馬殿が紹介するくらいだ。その酒場は、さぞかし素晴らしいところなのだろう」

ミュンデが期待をこめてたずねると、颯馬は自信ありげにうなずいた。

「ミイラは『酒は百薬の長』を信条にしてるからね。それもあってミイラ村ではいろんなお酒が楽しめるんだ。ミュンデさんたちが気に入るお酒も見つかるはずさ」

「ふぅむ、それは楽しみだ。……しかし颯馬殿、ミイラ族に酒というのは組みあわせ的に危険ではないか？」

ミイラはただでさえ貧弱なのだ。そこに酒が加われば酔っ払って足がふらつき、転んで大怪我をするかもしれない。

まあ、さすがに対策はしてあるだろうが……

「それも怪我が絶えない理由の一つだよ」

なにも対策していなかった。

「それ、自業自得じゃ……」

フレイヤがぼそっとツッコミを入れた。颯馬もそう思っていたのか、苦笑している。

「だけど、飲みすぎちゃう気持ちもわかるよ。ミイラ村のお酒は美味しいからね。それに食べ物もお酒にあうものばかりなんだよ。ティエラさん、ミイラ族がどんな魔法を使うか知ってる？」

「ええと……たしか、ミイラは腐敗魔法の使い手だと本に書いてありましたわね。ミイラたちが触れたものは腐ってしまうのだとか。ミイラたちはその魔法で生者を腐らせ、腸をずるりと引きずりだし、腐敗臭のするそれを──」

「待て待て待て！　これから食事ってときに気持ち悪い話すんじゃねえよっ！」

「だ、だって本にそう書いてあったんですもの！」

「颯馬殿、いまの話は本当か？」

「ミイラが腐敗魔法の使い手だって話はあってるよ。物体には微生物が宿ってるんだけど、微生物も食事をするんだ。この食事を分解といってね、分解された物体は腐っちゃうってわけ。ミイラ族は腐敗魔法を使って、この分解のペースを操作してるんだ。名前のとおり、物体を腐敗させることもできるけど、基本的には、お酒やピクルスやサラミみたいな発酵食品を作るために使ってるんだよ」

「難しい話はわからぬが……つまり食べ物を作るために腐敗魔法を使っているのだな？」

「そういうことだよ。まあ、たまに発酵じゃなくて腐敗——とてもじゃないけど食べられないものを作っちゃうことがあってね、そのときはとんでもない悪臭が出るんだけど……この村は盆地にあるからね、滅多に風が吹かないから、しばらく腐敗臭がこもっちゃうんだよ」

「わたくしが読んだ本の著者は、ミイラの集落から漂ってきた腐敗臭に怖ろしい勘違いをしてしまったのでしょうね」

きっとね、と颯馬が同意するようにうなずいた。

「にしても、なぜミイラ村は盆地にあるのだ？　風が吹くところに住めば悪臭もこもらぬだろうに……」

「それだと周辺の村から苦情が来るんじゃねーか？　オーク村にしたって、秘境にあったわけだしさ」

「それもミイラ村が秘境にある理由の一つかな。臭いがこもる盆地ならほかの村に悪臭が漂うこともないし、なにより盆地の気候は微生物が育つのに適してるんだ。つまるところこの村はミイラの暮らしにもってこいの環境なんだよ」

「私としては臭いがこもるのも蒸し暑いのもあまり好みではないが……。ミイラにとって、ここは楽園のような場所なのだな」

「そうなんだよっ。ミイラ村はいまの昔も変わっていない――ぼくが手出ししていない、ありのままの魔王領なんだ。ほかにもたくさんの観光地はあるけど、ミュンデさんたちにどうしても昔ながらの魔王領を見てほしくて、ミイラ村につれてきたんだよ」

オーク村も素晴らしい場所だが、それは颯馬の手が加わって生まれたものだ。戦時中の魔王領は怖ろしい場所だったかもしれない、いまもまだ魔王領のどこかに怖ろしい場所が残っているかもしれない――ミュンデの心にわずかに残っていた魔王領に対する恐怖心は、ミイラ村に来たことで完全に吹き飛んでしまった。

長年続いた戦争により人類は魔王領を怖ろしい場所だと思いこんでいるが――魔王領はいまも昔も魅力にあふれていた。『溶解の川』や『串刺しの大空洞』のように、魔王領が怖ろしいというのは人類の勘違いだったのだ。

颯馬は、その手腕をもってして、元々あった魅力を最大限に引き出したのである。

……などと難しいことを考えていると、ミュンデはお腹が空いてきた。そろそろ酒場に着かないだろうか。

そう思ったときだった。

「ここが今日お世話になる酒場だよ」

颯馬は古びた建物の前で立ち止まり、ミュンデたちに告げてきたのだ。

「ここが……」

換気のため半開きにされた小窓からは食欲をそそる香りが漂い、ミュンデのお腹は空く一方だ。

「いらっしゃいだべ、魔王様っ！　ハイドラ様っ！　聖十三騎士団ご一行様っ！」

颯馬に続いて賑々しい店内へ身を移すと、弾んだ声に歓迎された。右半身に包帯を巻きつけ、エプロンを着用している彼女は——ラピだ。どうやらこの酒場は彼女の家族が切り盛りしているらしく、ラピは両親の手伝いをしているのだとか。

魔王が来店したと知り、酒盛りしていたミイラたちがぞろぞろと集まってきた。手には酒瓶が握られている。魔王との謁見時にも酒を手放さないとは……なるほど、ミイラ族が酒好きというのは本当らしい。

「あんたが魔王様だべか～！　ほっそい身体してんなぁ～、ちゃんと飯食ってるべか？」

「ほらっ、これ食え食え！　うめぇぞ～」

「それより魔王様も飲むべ！　ラピちゃん、この店で一番高い酒持ってくるだよ！」

「はぁ～い……って！　酔っ払いは魔王様に絡んじゃだめだべっ！　失礼にもほどがあるだよ！」

「あはは、ぼくは嫌じゃないけどね」

「おおっ、さっすが我らの魔王様だべ！」

「さあさあ、じゃんじゃん飲むべ！」

「だから絡んじゃだめって言ってるべ！　言うこと聞かないともうお酒出さないだよ？」

効果覿面だったようだ。ミイラたちは「うわ～怖いべ怖いべ」「おっかないべ」などと面白そうに笑いながら席に戻り、酒盛りを再開した。

まだ日は沈んでいないというのに、すでにできあがっているようだ。

「酔っ払いどもが失礼したべ。魔王様方のお席はこちらだべ。一番いい席を用意しただよっ！」

「どこに座っても同じだべ」

「うるさいべっ！」

茶々を入れる酔っ払いにラピは怒声を飛ばす。それを横目にミュンデらはカウンターの対面席――六人掛けの席に五人で腰かけた。

颯馬とハイドラがとなりあって座り、その向かいにミュンデ一行が腰かける。

(ここは本当によい場所だな)

心の底からそう思う。

ラピはうるさいと怒鳴っていたが、本心から怒鳴っているわけではないだろう。

笑い声が絶えないのはミイラ村が平和な証拠だ。賑々しい雰囲気に包まれ、ミュンデは自然と楽しい気分になってきた。

「さて、こうして酒場に来たのだ。さっそくお酒をいただこうではないか」

そう言って、ミュンデは壁一面に掲げられたメニューを見上げた。

ビールにワインに果実酒など知っている酒もあるが、大半は聞いたことがないものだ。味の想像はつかないが、颯馬がつれてきてくれた店なのだ。どれも美味しいに違いない。

「しっかしメニュー豊富だな。眺めてるだけで一日が過ぎちまいそうだぜ」

「多すぎて目移りしてしまいますわね」

フレイヤとティエラもわくわくとした調子でメニューを眺めている。

「決めた！　あたしは果実酒だ！　木苺のな」

「ふふ、かわいいお酒ですわね」

「わ、わりーかよっ。つーか、そういうティエラはなに飲むんだ！」

「わたくしはワインをいただきますわ」

「ふんっ、ババくせーな」

「ワインにそのようなイメージはありませんわっ！」

「木苺にかわいいイメージもねえっ！」

「こらこら、喧嘩(けんか)するでない」

口論を仲裁しつつ、ミュンデはメニューを眺める。ふと見慣れないメニューが目に入り、ミュンデは颯馬にたずねた。

「颯馬殿。あの『日本酒』というのは……？」

「あれはぼくの故郷のお酒だよ。もう何十年も前になるけど、ミイラ村を訪れたときに『魔王様なら新しい酒を知ってるんじゃないか』って訊かれたことがあってね。日本酒の製造工場を見学したことがあって、造り方も知ってたから、しばらくミイラ村に滞在(たいざい)して日本酒を造ってたんだよ」

それがミイラ族に気に入られ、ミイラ村を訪れた観光客を通して魔王領全土へ広まったのだとか。

「なるほど。ではせっかくなので日本酒の……冷やというのをいただこう。颯馬殿はどうするのだ？」

「ぼくは水かな」

「む？　颯馬殿は酒が苦手なのか？」

「あまり強くはないかな。それにぼくはこの旅行の責任者だからね。せっかくミイラ村に来たし、一杯くらい飲みたいけど、酔い潰れちゃったら大変だよ」

「そうか。気を遣わせてしまってすまぬ」

「ぼくのことは気にしないで、ミュンデさんたちはお酒を楽しんでよ。それより……もう決まった？」

颯馬は悩ましげに唸りつつメニューと睨めっこしているハイドラに話しかけた。

「飲みたいものが多すぎてなにを選んだらいいかわからぬが…………とりあえず、オレンジジュースで乾杯じゃな」

と、全員の飲み物が決まったところで、颯馬はラピに注文する。

「さて、飲み物が来る前に、食べ物を決めとこうか。みんなはなにが食べたい？」

颯馬に促され、ミュンデ一行は再びメニューを見上げる。

「颯馬さんのおっしゃるとおり、発酵食品が目白押しですわね。漬物やチーズなんかは、すぐに運ばれてきそうですし、せっかくなので食べてみたいですわ」

「あたしは肉が食いたいぜ。……ってか、やけに臓物系が多いな」

「言われてみればそうですわね。ミイラは生者の臓物を食すと本に書いてありましたが、真相はこれだったのですね」

「ったく、昔の連中は勘違いしすぎだぜ。おかげで人類に魔族への偏見が根付いちまったじゃねーか」

「ですが、わたくしたちはそれが誤解だと理解しましたわ」

「そのとおり。我らは魔族が優しい種族であることを理解したのだ。あとはそれを人々に知らせればいいだけの話だ」

もっとも、口で言うのはたやすいが、実行に移すとなると困難極まりない。

ミュンデ一行は人々に神のごとく崇められているが、神というわけではないのだ。口で魔王領の魅力を説いたところで鵜呑みにはしないだろう。なかにはミュンデ一行が人類に反旗を翻したと判断する者もいるはずだ。

(それでも、我らが行動を起こさねば、いつまで経っても人類と魔族は共存できぬ。我らには友和のきっかけを与えることしかできぬが……。聖十三騎士団が一丸となって共存の道を説けば、いつの日か理解してもらえるはずだ)

そのためには、ミュンデ一行だけではない。聖十三騎士団全員に魔王領を好きになってもらう必要がある。

そうして全員で人々に語りかければ、もしかしたら魔族は悪ではないのかもしれないと思う者も現れるはず。

そういった人々に魔王領を観光させれば、口コミによって魔王領の魅力が広まっていくはずだ。

「ええいっ！　難しい顔をして黙ってないで、さっさと料理を選ぶのじゃ！」

「あ、ああ、すまぬ」

いろいろと考えるべきことはあるが、いまは旅行中だ。難しいことを考えるのは旅行が終わってからにして、今日は存分に飲み明かそう。

ミュンデは思考を旅行モードに切り替え、ラピに料理を注文する。ややあって、ラピが飲み物を運んできた。

ミュンデはグラスを手に取り、眉をひそめる。

「ぬるいな。私は冷やを頼んだはずだが……」

「冷やっていうのは常温のことだよ。冷酒を注文すれば冷たいのが出てくるし、ぬる燗や熱燗を頼めば温かいのが出てくるんだ。ただまあ、ミュンデさんが頼んだ日本酒は常温か熱燗で飲むと美味しいって言われてるよ」

もちろん好きな温度で飲むのが一番だけどね、と颯馬がつけ足す。

「なるほど、日本酒にはいろいろな楽しみ方があるのだな」

「ええいっ、話はそれくらいにして、さっさと乾杯するのじゃ！」

「そうだな。では颯馬殿、乾杯の挨拶を頼む。この旅行の主催者は颯馬殿なのだからな」

「なにも考えてきてないんだけど……ええと、そうだなぁ……人魔共存の第一歩を祝して、乾杯っ！」

　颯馬は『こんな挨拶でいいのかな？』という表情をしていたが、早く飲みたいミュンデたちにとって端的な挨拶はありがたかった。

「「「乾杯っ！」」」

　颯馬の挨拶にあわせて互いのグラスをぶつけあったミュンデたちは、さっそく飲み物を口に運ぶ。

（……ふむ。頭がふらっとする匂いからして重めの味を想像していたが……すっきりしていて飲みやすいな。やや辛めだが、後を引かない辛さ……。口に残った味をリセットするのに向いてそうなのだ。……しかし美味いな。これなら飽きることなく飲めそうなのだ）

　黙々と日本酒を口に含み、脳内レビューするミュンデ。

　一方、フレイヤたちは賑々しく談笑していた。

「うはっ、こりゃ甘いぜっ」

「ほんとうか？　その木苺のお酒、ちょろっと飲ませてほしいのじゃ…………ふむ、甘いのぅ。あっ、ワインも一口分けてほしいのじゃ…………うえ、渋いのぅ」

「お子様にワインの美味しさはわかりませんわ。もちろん、ワインがババくさいわけではありませんが」

口早につけ足すティエラ。

「お待たせしたべ～」

そのとき、ラピが注文の品を運んできた。

キュウリとナスとキャベツのぬか漬け、チーズの盛り合わせ、厚切りサラミだ。どれも腐敗魔法によって作られたものである。

ミュンデはさっそくナスのぬか漬けを食べてみた。

「うむっ。瑞々しくて美味しいのだっ！　肉厚だが食感はしっとりしていて、やや甘味はあるがあっさりとした味わい……。口直しにもってこいの味付けなのだっ！」

「気に入ってくれて嬉しいよ」

「うむ。しかしこう美味しいと、食べ過ぎて太ってしまいそうだな」

「だいじょうぶ。ぬか漬けはカロリー控(ひか)えめだからね。それにぬか漬けにすることで野菜本来の栄養が増えるんだ。ビタミンやミネラルなんかも豊富だから美容にも効果があるし、キャベツにはバストアップの効果もあるって言われてるんだ」

「なにっ⁉」「ほんとうか！」

颯馬の言葉に、ミュンデとハイドラは驚声を上げ、奪いあうようにしてキャベツのぬか漬けを食べだした。山盛りになっていたキャベツが、あっという間になくなってしまう。

「キャベツのぬか漬けを注文したいのだ！」

「同じく！　ついでに飲み物を頼みたいのじゃ！　ぶどう！　ぶどうのジュースじゃ！」

「あたしも酒おかわりっ！」

「わたくしもワイン頼みたいですわ！　瓶ごと持ってきてほしいですわ！」

フレイヤとティエラが空いたグラスを掲げて叫ぶ。

「ふたりともペース速いね。急いで飲むと酔いがまわるのも早くなっちゃうよ」

「あっははは、心配すんなって。これくらい普通だ、ふ・つ・う！」

「そうですわ、普通ですわ。それにひとりだけで飲んだわけではありませんわ。ハイドラちゃんが一口飲んだから早く飲み干したように感じるだけですわ。ラピさぁーん！　注文いいでしょうかぁー!?」

いつにも増してテンション高めのふたりに、颯馬は不安そうな顔をする。

「待つのだ！　まとめて注文したほうがラピ殿も楽だろう。ちょっと待て、いまグラスを空にするのだ！」

そう言って、ミュンデは日本酒をぐいっと飲み干した。辛い味わいが喉を突き抜け、口から熱い吐息がもれる。

「ちょ、ちょっとミュンデさんっ。一気飲みは危ないよ！」

「いまのは一気飲みではない、半分飲みだ」

「……」

きりっとした顔でミュンデが告げると、颯馬はますます顔を曇らせた。

「ひょっとしたら、ぼくはとんでもないところにつれてきちゃったのかも……」

颯馬がなにかつぶやいていたが、頭がぼんやりしていてよく聞こえなかった。

◆

ミュンデ一行が酒場を訪れて三時間――。

時間が経つにつれ客たちに酔いがまわり、賑々しさが増していく酒場にて、颯馬は顔を曇らせていた。

「ね、ねえ、もうそのくらいにしといたほうがいいんじゃ……」

颯馬が遠慮（えんりょ）がちに声をかけるとミュンデは日本酒をぐいっと呷（あお）り、どんっとテーブルにおちょこを叩きつけるようにして置いた。その衝撃に、テーブルの上に立っていたリスがびくっと震える。

この状況下（じょうきょうか）に置かれてなお逃（に）げようとはしないリスに代わり、颯馬が逃げだしたい気分であった。

なぜならミュンデ一行は――盛大に酔っ払ってしまっていたから。

「なぁーにかたいこと言ってるのらぁ！　このくらい柔らかくなるのらー！」

ろれつのまわらぬ口調で言いながら、ミュンデはフレイヤの胸を下からたぷたぷと持ち上げるようにして揺らす。

普段なら顔を真っ赤にして激怒しそうな行為だが、フレイヤは満面の笑みだった。

「そーらそーらぁ！　ちちんぷいぷいソーマの頭よ柔らかくなれー！　あっははははは！」

ばしばしとテーブルを叩きながら大笑いするフレイヤ。

その胸を、今度はティエラが鷲掴みにした。

「うるっさいれすわ！　静かにしないと胸をもぎ取りますれすわ！」

「なんらとぉ!?」

「ふたりとも喧嘩はらめ……ひっく、なのらー！」

目つきをきりっとさせて喧嘩を仲裁するミュンデだったが……彼女が一番頭をふらふらさせている。

すでに日本酒は八合目だ。酔いは完全にまわっている。凛々しいミュンデはどこへやら、いまの彼女はただの酔っ払いであった。

「喧嘩はらめ？　かてーこと言うんじゃねーぜっ！　そんなだからおっぱいねーんだ！」

「私は！　実は！　着痩せするのら！　しょーこを見せるのら！」

ミュンデはおもむろに立ち上がると颯馬を見つめ、次の瞬間スカートをめくり上げた。

先ほどから立ったり座ったりを繰り返していたからか、パンツはヒモのようにねじれ、下にずれてしまっていた。雪のように白い太ももは赤みを帯び、じっとりと汗ばんでいる。

ちなみにパンツを見せるのはこれで五回目だ。普段はきっちりと服を着込んでいるのに、いまのミュンデは露出狂だ。

その変わり様に颯馬が言葉を失っていると、フレイヤたちが声を上げた。

「なにやってんのら団長！」

「ぱんつを見せるなんてどうかしてますわ！」

その言葉に颯馬は我に返った。それと同時にほっとする。酔っていても、これくらいの常識は残っているようだ。

「貧乳かどうかを証明してーなら胸を見せろってんだ！」

「早く上着を脱ぐのれすわ！」

「そこ⁉　つっこみどころそこなの⁉」

颯馬は前言を撤回する。

酔っ払いは酔っ払いだった。

やはりここは颯馬がしっかりしなければ！

颯馬はこほんと咳をして、じっとミュンデを見つめた。

「みんなが見てる前でそんなことしちゃだめだよ」

「へーきへーき、誰も見てないのらー」

にこーと弛緩した笑みを見せるミュンデ。颯馬はちらっと店内を見まわす。たしかに客たちは酔っ払っており、ミュンデを見るどころか現実を見ているかどうかすら怪しかった。すでに何人かはテーブルに突っ伏して夢の世界に旅立ってしまっているし、ラピも厨房に引っこんでいる。しっかりと意識を保っているのは颯馬だけだ。

まあ、だからといって好き放題させるわけにはいかないが。

などと考えている間に、ミュンデは上着のボタンを外し始めていた。

「だからだめだって！」

こうなれば実力行使だ。ボタンを外していたミュンデの手を掴み、颯馬は脱衣を防いだ。

「そ、ソーマちん……」

「どうしてここで顔を赤らめるの⁉」

意外なところで初心な反応を見せてくるミュンデに、颯馬は戸惑いを隠せない。

「ソーマは紳士らなっ！　いーこいーこしてあげるのら！」

などと言いつつ、フレイヤが頭を撫でてくる。

颯馬は飲酒していないのに頭痛を覚えた。

いままさに、颯馬はこの旅行で最大の苦労に直面しているのだ。

とはいえ、苦労するのは颯馬だけではない。

ミュンデ一行は、まず間違いなく二日酔いに悩まされるだろう。もっとも、二日酔いに関してはミイラ村に伝わる『二日酔いによく効く薬』を処方すれば解決する。村人全員が酒好きであるためもしかすると薬が切れてしまっているかもしれないが、薬草さえあれば新たに作ることもできる。

だが、それで問題解決というわけにもいかない。

（一番の問題は、みんながこの場の記憶を明日に持ち越すかどうかだよね……）

パンツを見せたり、颯馬の頭をなでなでしたりした記憶を明日に持ち越せば、ミュンデ一行は恥ずかしさのあまり颯馬と顔をあわせようとしなくなるかもしれない。

ぎくしゃくしてしまえば、せっかく築いた良好な関係が崩れかねないのだ。

（まあ、時すでに遅しだけど……）

颯馬がため息をついていると、ぐいぐいとうしろから服の裾を引っ張られた。そちらを向くと、ハイドラが涙目で見上げてきていた。

「みんなおっぱい大きくてずるいのじゃ！　いますぐ魔法で大きくしてほしいのじゃ！」

ハイドラは泣いていた。

泣きたいのはこっちだよ、と颯馬は内心で嘆く。

「そんな魔法はないってば……」

颯馬はため息をつき、ハイドラを諭す。

魔法は万能ではないのだ。

そもそも颯馬の持つ魔法は、歴代魔王が戦争を有利に進めるために生み出したものだ。

そのなかに『巨乳にする魔法』なんてふざけたものがあるわけがない。そんな魔法を創る
魔王が存在していれば、きっとその代で戦争は終わっている。

ちなみに颯馬は数々の魔法とともに創造魔法も受け継いだが、それはまだ使っていない。

どんな魔法を生み出すか決めかねているのだ。

まあ、巨乳魔法を生み出すつもりはないけれど。

「おっぱあああああい！」

ハイドラは天井に向かって悲しげに絶叫した。

言わずもがな、ハイドラも酔っ払っている。ジュースしか注文していないハイドラだが、

お酒にも興味津々であり、ミュンデ一行が新たな酒を頼むたびに一口だけ分けてもらっていたのだ。

それが積もり積もっておっぱい狂になってしまったのだった。

「はいはーい！　みなしゃん、ちゅうもーく！」

ハイドラをなだめていると、颯馬の頭を撫でていたフレイヤがいきなり大声を上げた。

酔っ払いたちの焦点の定まらぬ視線が集まるなか、フレイヤは満面の笑みで颯馬を指さし、

「こいつ、のぞき魔でーす！」

とんでもないことを言いだした。

「誤解を招くような言い方しちゃだめだよ！　あれは事故だよ!?　それにフレイヤさんも許してくれたじゃない！」

颯馬が慌てて弁明すると、フレイヤは豪快に笑いながらばしばしと肩を叩き、

「わぁーってるわぁーってる！　あたしはちっとも怒ってなぁーいよ！　らってソーマのことだいしゅきらからー！」

そう言って、ぎゅっと抱きついてきた。

颯馬の身体にやわらかな胸の膨らみが押しつけられ、酒を飲んで火照った彼女の体温がじかに伝わってくる。

　汗ばんだ身体を密着させ、ぐにぐにに胸を押しつけてくるフレイヤにドキドキしながらも、颯馬は優しく彼女を引き離す。

「もう。酔ってるからって手当たり次第に告白しちゃだめだよ？　それで勘違いされたら、お互い不幸になっちゃうからね」

　これが本心からの告白であればたいへん喜ばしいことだが、フレイヤは酔っ払っているため正常な判断ができていない。きっとこの場を盛り上げるために、颯馬に告白してみただけだろう。

「ワインおかわりれすわー！」

　と、店内にティエラの元気な声が響き渡る。

「って、おとなしいと思ったらもう一本飲み干しちゃったの⁉　さすがに飲みすぎっ！　もうおかわり禁止だよ！」

「やぁーらぁー！　のーむーのぉー！　のーみーたーいーのぉー！」

　椅子に座ったまま手足をばたつかせ、駄々をこねるティエラ。

「私もソーマちんにいーこいーこしてあげるのらー！」

「ソーマだいしゅき～！」

「おっぱあああい！」

ぎゃーぎゃー騒ぐ女の子たちを前にして、颯馬は深くため息をつく。酔っ払いの相手をするのがまさかここまで大変だったとは思いもしなかった。

（……だけど、まあ）

ミュンデ一行は楽しそうにはしゃいでいる。

出会った頃はあんなに仏頂面をしていたのに、いまとなっては見る影もない。

明日になればはしゃいだ記憶は忘れているかもしれないが——楽しかったという想い出だけは、持ち帰ってくれるはず。

聖十三騎士団が、魔王領を楽しんでくれている——

聖十三騎士団が、魔族に気を許してくれている——

そう思うと、疲れなんて吹き飛んでしまうのだった。

◆

ミイラ村上空にて、キャロルは憎悪を膨らませていた。酒の席にてミュンデ一行は酔い潰れ、あろうことか魔王に介抱されているのだ。

（人類の面汚しめ。こんなの救いようがありません）

キャロルは怒りを押し殺すと、あらかじめ意識を乗っ取っておいた孤児の娘を通して、ヘリエル卿に報告する。

「先刻お伝えしましたとおり、ミュンデ、フレイヤ、ティエラの愚行は万死に値します。じきに夜が明け、旅行は最終日へと突入します。粛清するなら、いまが絶好の好機です。粛清の許可をいただけますか？」

ヘリエル卿に確認しながらも、粛清の許可が下りるのは目に見えていた。

なぜならミュンデ一行は魔族への敵対心を完全に失っているのだから。

魔族との戦いを放棄した女騎士に存在価値など欠片もない。どころか、人類共存を謳うミュンデ一行は救世教会にとって害悪ですらある。

とはいえミュンデたちに利用価値がなくなったわけではない。

聖十三騎士団が魔族に殺されたと知れば、人類は魔族を憎しみ、怖れるはず。

民衆が憎悪を抱けば、救世教会が怖れる『人類と魔族の文化的な交流』は起こりえない。

民衆が恐怖を抱けば、魔族の襲撃に備えて救世教会にすがりつく。

ミュンデたちは最後まで戦争の引き金を引かなかったが――その死によって救世教会の

威光はますます強まるのだ！

「殺すなら、いましかありません！」

　ミュンデ一行は完全に酔い潰れている。問題は魔王がそばにいることだが……魔王とて生きている以上は睡眠を取る。その隙を突けば、ミュンデ一行を粛清するのは造作もないことなのだ。

（とはいえ、私が直接手を下すことはできません）

　魔王に捕まれば尋問を受けることになる。いかなる拷問を受けようと口を割るつもりはないが、魔法を使って無理やり自白させられる恐れもあるのだ。救世教会の崇高な計画が明るみに出るのを防ぐため、キャロルはけっして捕まってはならないのだ。

　そのための憑依魔法である。

　現在、ほとんどのミイラ族は眠っているか酩酊している。憑依魔法をかけるには対象を目視しなければならず、キャロルは村に降りなければならない。

（問題は、魔王が感知魔法を使うことですね。感知魔法は地面の微細な揺れから範囲内に存在する生物の居場所を特定する魔法ですから、上空にいる限り感知魔法には引っかからないでしょうが……タイミングを誤れば、見つかってしまいます）

　確実にミュンデ一行を粛清するためにも、やはり魔王が就寝するまで待ったほうがよさそうだ。

「……っ」

と、計画を立てていたキャロルはうつろな目を見開いた。たったいま、喜ばしい情報がリスの耳に飛びこんできたのだ。

（これなら、確実にミュンデたちを粛清できます）

任務成功を確信したキャロルは、ご機嫌そうにグリフォンの背を撫でるのだった。

◆

「ついに爆乳を手に入れたのじゃあああああああああああ‼」

「「「――ッ⁉」」」

突然の絶叫にミュンデ一行は叩き起こされた。頭痛と吐き気が押し寄せ、三人そろってうずくまる。

「いっ……ってぇ！」

「あっ、頭が……割れ、そう……ですわ」

「くっ……！」

押し寄せる嘔吐感に、ミュンデは堪らず口を押さえた。ゆっくりと鼻で呼吸していると、少しずつ吐き気が収まっていく。

ミュンデは布団に横たわり、安静にすることにした。

「……な、なあ、昨日のこと……覚えてる奴いるか？」

「すまぬ……記憶が、ないのだ」

「飲みすぎ……ですわね……」

こんなにひどい二日酔いは初体験だ。日本酒があまりにも美味しかったので、ついつい飲みすぎてしまったらしい。……『らしい』というのは、ミュンデには日本酒を二合空にしたところまでしか記憶に残っていないからだ。

（私は、空白の時間にとんでもない粗相をしてはいないだろうか……？）

飲みすぎのなんと怖ろしいことか。ミュンデが不安に押し潰されそうになっていると、ティエラたちが覚えている限りの記憶を口にし始めた。

「たしか……ワインを一本空けたところまでは……覚えていますが……」

「ああ、なんとなく覚えてるぜ。一本空けましたわー、ってはしゃいで……そんで、瓶を割ったんだっけ」

「瓶を？　……わたくし、そんなことしてました？」

「してたぜ。颯馬がラピにぺこぺこしてた記憶があるからな。……まあ、あたしの記憶もそこらへんから怪しいが……」

「お酒、怖ろしいですわ……」

「まったくだぜ……」

「それ、まったく覚えてないのだ……」

話を整理すると、ミュンデ、ティエラ、フレイヤの順で酔い潰れたことになる。

真っ先に酔い潰れるとは団長として恥ずかしい限りだが、ふたりならミュンデが粗相をしてないか知っているかもしれない。

「私……なにかまずいことしてなかったか？」

「あー……団長はひどかったぜ」

「あれは一生ネタにできますわね」

「私は、いったいなにをしでかしたのだ……？」

「一言で言うとだな……ぱ、ぱんつを見せびらかしてたぜ」

「……えっ」

ミュンデの顔からさぁーと血の気が引いていく。

お酒は二度と飲まない。ミュンデは固く誓(ちか)った。……誓ったが、過ぎた時間は戻らない。

このままだと颯馬にあわせる顔がない。

（……だが、私は颯馬殿ともっともっと話がしたい）

そのためには粗相を謝らなければならない。恥ずかしいが、謝るしかないのだ。

「……颯馬殿は、どこだ？」

「となりの部屋じゃねーか？　さすがに寝てるだろーし、夜明けまで待ったほうがいいと思うがな」

たしかにこんな夜中に会いに行けば颯馬に迷惑がかかってしまう。それにこんな体調で颯馬に会えば、緊張で吐いてしまうかもしれない。

ミュンデは立ち上がり、ふたりに告げる。

「ちょっと夜風にあたり、酔いを醒ましてくるのだ」

「でしたら、わたくしもついていきますわ」

「あたしもな。眠れねーし、それに……今日で魔王領とはお別れだしな。魔王領の空気を肌で感じておきてーんだ」

フレイヤは寂しげに語った。

「そうか……今日は、旅行最終日か……」

そう考えた途端、寂しさがこみ上げてきた。出発前はあんなに怖ろしかったのに、いまではずっと魔王領で暮らしたいと思えるほどだ。

「ま、あたしから話振っといてなんだが、これが今生の別れってわけじゃねーんだ」

「そうですわ。颯馬さんに頼めば、また旅行を企画してくださいますわよ」

「そうだな。ふたりの言うとおりだ」

仲間の励ましに微笑で応え、ミュンデはドアを開けた。

「「「……」」」

そして、三人は息を呑む。

白みかけた空の下、ミイラ族が家を取り囲んでいたのだ。

ひとりやふたりではない。薄暗いため正確な数は掴めないが、ここが小さな集落であることを考えると、村人が勢揃いしている可能性もある。

それだけのミイラ族が、千鳥足で包囲網を狭めてきている。

そんな光景を唖然として眺めていたミュンデ一行は、いぶかしそうにささやきあった。

「我らの旅立ちを見送りに来てくれたのか？」

「それにしては非常識な時間だぜ？　それに様子がおかしくねーか？　ありゃ飲みすぎでふらついてるっていうより、無理やり足を動かしてるって感じだぜ？」

「ですわね。まるで自分たちの意思で歩いているのではなく、何者かに無理やり歩かされているような……」

　ティエラの言葉に、ミュンデははっとした。

「ま、まさか……操られているのではあるまいな!?」

「ハイドラちゃんがかけられたという憑依魔法ですか!?　もしそうなら一大事ですわ！」

「け、けどこっちにゃ颯馬がついてんだ！　すぐにみんなを正気に戻してくれるぜ！」

　大勢を同時に操るのは難しいのか、ミイラたちは転ばないようにのろのろとした動きで包囲網を狭めている。この分だと、ミュンデたちに触れるまでに二、三分はかかりそうだ。颯馬を起こすには充分な時間である。

　ミュンデたちは急いで家に駆けこみ鍵を閉め、颯馬の寝室へ向かう。だが、颯馬の姿はどこにもなかった。

「こんなときに颯馬はどこ行っちまったんだよ！」

　フレイヤは焦躁に満ちた悲鳴を上げる。

「わからぬ！　だが、これが颯馬殿の罠ではないことだけはたしかだッ！」

「ったりめーだ！」「言われなくてもわかってますわ！」

　全員一致の見解だった。

　この襲撃は颯馬の予期せぬ事態なのだ。憑依魔法の使い手はどこからかミュンデ一行を監視し、虎視眈々と襲撃の機をうかがっていたのだろう。

　そしてその機が、颯馬不在のいまということだ。

　つまるところミュンデ一行、絶体絶命の危機である。

「颯馬殿がいない以上、我らの力でなんとかしなければならぬ。なにか策はあるか？」

「この状況を打ち破る策はありませんわ。ですが、非力なミイラにドアを破る力はないと断言できます！」

「つまり籠城戦か！」

「け、けどよ、もし侵入されたらどうすんだ？」

「それは……」

　ミュンデは枕もとへ視線を落とす。そこには十三聖器が——聖剣、聖槍、そして聖弓が置かれていた。

　聖十三騎士団のみ扱うことを許された十三聖器——対魔族戦に特化したそれを使えば、ミイラ族を全滅させることなど造作もない。だが——

「魔族を傷つけてはならぬ。殺すなどもってのほかだ。ミイラたちも被害者なのだからな。傷つけていいわけがない！」

「そう言うと思ってたぜ！」

「言われるまでもありませんわ！」

「うむ！　我らの取るべき策は一つ。ドアと窓を塞ぐ――」

ミシミシ……ッ！

ミュンデが指示していたそのとき、ふいに軋み音が響き、ミュンデ一行の顔は青ざめた。

まさかと思って壁を見る。

壁に黒い斑点模様が浮かび上がり、みるみるうちに壁全体を浸食していったのだ。

それはまるで壁が腐っているようで――実際、壁が腐っているのだろう。

「そ、そういえばミイラ族は腐敗魔法の使い手だったか！　このままでは家が崩れる！　急いで外に避難するのだ！」

ミュンデはハイドラを背負いながら仲間に指示を飛ばした。

「ちょっと待ってくれ！　リスがいねーよ！」

「いち早く危険を察知して逃げたのだ！」

「本当かよ⁉」

「知らぬ！　そう考えろ！」

「くそっ！　誰の仕業かは知らねーが見つけたらとっちめてやるッ！」

「言ってる場合ではありませんわっ！」

首謀者への怒りを膨らませつつ、ミュンデ一行は家から転がるように飛び出した。

その直後、がらがらと音を立てて家が崩壊した。勢いよく土煙が上がり、瓦礫の破片が宙を舞い、ミュンデ一行は耐え切れずに目を瞑る。

「なっ、何事じゃ!?」

ミュンデの背中から地べたに転がり落ちたハイドラの悲鳴が響く。

「絶体絶命危機的状況の真っただ中だ！」

「念願叶って爆乳になったと喜んでおったのに気づけば命の危機じゃと!?　いったいなぜ……」

と、ハイドラが黙りこむ。どうしたのかと振り向くと、彼女は四つん這いになっていた。肌が真紅の鱗に覆われ、手足から鋭い爪が飛び出し、身体が大きくなっていく。

「空へ逃げるのですねっ！」

「そうか、その手があったかっ！　くそっ、二日酔いさえしてなけりゃすぐに思いついたってのに！」

「違う！　これは暴走だ！　ハイドラ殿は敵に憑依されたのだっ！」

ミュンデは確信を持って叫んだ。こんな至近距離で紅竜の姿になられてしまえば、最悪ミュンデ一行は押し潰されて死んでしまう。ミュンデ一行が圧死するかもしれないのに、ハイドラがなんの警告もせずに紅竜になるとは思えない。

つまり、ハイドラは何者かに意識を乗っ取られたのである。

「すまぬ！」

ミュンデは咄嗟の判断でハイドラを抱えると瓦礫のなかに放りこんだ。これでひとまず圧死の心配はなくなったが、完全に紅竜状態になったあとに踏み潰される恐れがある。

いずれにせよ――

「わたくしたちに逃げ場はありませんわ！　ミイラに包囲されてますものッ！」

「くそっ！　どうすりゃいいんだよ！」

腐って死ぬか、潰れて死ぬか。

絶体絶命の二択を突きつけられ、ミュンデは瞬時に一つを選ぶ。

「ミイラの群れに突っこむのだ！　友達を人殺しにするわけにはいかぬし――それに運がよければ包囲網を突破できるかもしれぬしな！」

「りょーかいだ！」

「それしかありませんわね！」

「うむ！　では――参る！」

ミュンデたちは恐怖心を押し殺すように手をつなぎ、ミイラへ向かって駆けだした――

その瞬間。

「ぬっ」「うわっ」「ひゃあっ」

なんの前触れもなく三人の身体が宙を舞い、そのまま大空に吸いこまれるように急上昇していったのだ。

ぐんぐん高度を上げていき、あっという間にハイドラの頭上を越える。ミイラ族が豆粒サイズになったところで、ようやく三人は動きを止めた。

突如として大空に放り出されたというのに、ミュンデ一行はまったく怯えていなかった。どころか、三人の顔には希望の色が浮かんでいた。

誰が助けてくれたかなんて、考えるまでもないことだった。

◆

東の空が白み始めた頃——。

「思ってたより早く帰れそうだね」

朝もやのなか、村はずれの草原にて二日酔いに効く薬草を採取した颯馬は、空を飛んで帰路についていた。

「まさか生きてるうちに空を飛ぶ日が来るとは思わなかっただよ！」

颯馬のとなりを飛ぶラピは目を輝かせ、普段はけっして見ることができない大空からの景色に感動している様子であった。居酒屋にてラピに懐き、彼女の手のなかにすっぽりと収まっているリスも、心なしか興奮しているように見える。

「これ友達に自慢したら、すごく羨ましがられるっぺよ！　そしたらもう『都会はすごいところだっただっぺよ～。え、ラピって都会に行ったことないっぺか？　いまどきそれはありえないっぺぇ～』って自慢されずにすむだよ！」

魔王様には感謝感激雨あられだべ！　とラピが礼を告げてくるが、お礼を言いたいのは颯馬のほうだ。ラピが協力してくれたおかげで、颯馬はミュンデらを苦しみから救い出すことができるのだから。

というのも、酔い潰れたミュンデ一行をラピ宅に運んだあと――。二日酔いに効く薬が切れていたことに気づいたラピは、新たに薬を調合するべく草原へと薬草を採りに行くと言いだしたのだ。

だが木柵の外には獣がうろついているかもしれないし、それに暗闇のなか歩けば転んでしまうかもしれない。虚弱体質のミイラ族にとって転倒は命に関わる事故だ。ラピに万が一のことがあれば、ミュンデ一行は自責の念に駆られるだろう。

そのため颯馬は薬草採りに同伴することに決めたのだった。

とはいえ鍾乳洞での一件があったあとだ。颯馬不在の隙を突き、何者かがミュンデらを襲撃しないとも限らない。

そこで颯馬は出発前に感知魔法を使い、村周辺に怪しい人影がないことを確認した。

だが、それでもミュンデ一行を家に残すのは気がかりだった。

だからこそ、空を飛ぶことにしたのだ。

そのかいもあり、あっという間にミイラ村が近づいてきた。

「あーあ、もう村が見えてきたべ。オラ、もうちょっと飛んでいたかっただよ……」

残念そうにうなだれるラピに、颯馬はなにか声をかけようかと思ったが、そんな余裕は次の瞬間吹き飛んでしまった。

突如として崩壊音が響き渡り、広場の近くで土煙が上がったのだ。

あそこにあるのは――

「オラの家が崩れたべ!? なんでだべ!? そんなに古くないべ！」

「違う！ 崩れたんじゃないよ！ あれは――崩されたんだ！」

瓦礫と化したラピ宅をミイラの集団が包囲しているのを見つけ、颯馬はすべてを察した。

どうやって感知魔法の目をかいくぐったかはわからないが、ハイドラに憑依魔法をかけた何者かがミイラを操りミュンデたちを襲ったのだ。

「みんなっ！　よ、よかった……」

　土煙が晴れ、ミュンデらの無事な姿があらわになり、颯馬はひとまず安堵する。崩壊の寸前に家を飛び出し、瓦礫の下敷きになるのを回避したようだ。

　だが、危機は脱せていなかった。

　ミュンデ一行の後方。瓦礫の山から、真紅の巨体――ハイドラが姿を現したのである。あんな場所で紅竜になれば、ミュンデたちを踏み潰しかねない。そして、ミュンデ一行と仲良くなったハイドラが、そんな行為に及ぶとは思えない。つまり、

「また操られちゃったのか！」

　そうとわかればこうしてはいられない。颯馬は咄嗟に浮遊魔法を唱え、ミュンデ一行を大空へと逃がしてやった。

「怪我はない!?」

　ラピに安全な場所に降りるように指示したあと、地上三〇〇メートルの高さで静止したミュンデたちのもとへ急行して無事かどうかたずねると、三人は鬼気迫る顔をして口々に叫んできた。

「我らは無事だ！　それよりミイラを救ってくれ！　瓦礫の下敷きになった者もいるかも

しれん！」

「このままだとハイドラちゃんに押し潰されてしまいますわ！」

「この状況をなんとかできるのは颯馬だけだ！　頼む、みんなを助けてやってくれ！」

魔族との戦闘に特化した女騎士。その精鋭たる聖十三騎士団が、魔王に向かって魔族の救助を頼んでいる。

そんな常識では考えられない光景を前にして、颯馬は力強くうなずいた。

「もちろんさ！　ぼくは魔族の王なんだから！」

颯馬は眼下を見下ろす。ハイドラが巨大な翼を羽ばたかせ、颯馬のもとへ飛んできた。突風が巻き起こり、ミイラたちが木の葉のように吹き飛ばされる。

ミイラ族も気がかりだが、優先すべきはハイドラだ。ミイラ族がどうでもいいわけではない。まずはハイドラをなんとかしないと、被害は拡大の一途をたどる。

颯馬は猛スピードで突進してくるハイドラめがけて急降下する。

衝突寸前に身を翻してハイドラの頭上に降り立つと、頭に触れて解除魔法を唱えた。

解除魔法は直接身体に触れない限りは効果がないが、逆に言うと触れさえすればすぐに効果が現れる。

「……むっ？　なぜ、わしは飛んでおるのじゃ……？」

ほうけたような声を上げ、きょろきょろとあたりを見まわすハイドラに、颯馬はほっと胸をなでおろす。

だが、安心したのもつかの間だった。

「うわっ！」

ハイドラが急に首を振り、颯馬はツノで突き上げられたのだ。保護魔法は常時発動しているため怪我はなかったが、一〇メートルは吹き飛ばされた。

空中で静止した颯馬のもとへ、ハイドラが大口を開けて迫ってくる。攻撃が通じないと判断し、丸呑みすることにしたようだ。

颯馬は急上昇して牙を避け、困惑顔をする。

「まさかまた憑依魔法をかけられちゃったの⁉」

襲撃の首謀者は憑依魔法が破られた直後、再びハイドラに憑依したのだ。

だが、これは高度三〇〇メートルでの攻防だ。いくらハイドラが巨体だからといって、地上からだと豆粒ほどにしか見えないし――直前までハイドラ目線だったからといって、直後に居場所を特定できるとは思えない。

それに首謀者は大勢をコントロールしているのだ。すべての動きを一つの脳で管理するなど至難の業。脳が混乱して然るべき状況のなか、瞬時に憑依魔法をかけなおすのは不可能である。

だが、首謀者は不可能を可能にしてみせた。

となると、大空を舞う颯馬とハイドラを至近距離から監視していることになる。

そんな場所、一つしかない。

「――見つけたッ！」

上空を睨み上げた颯馬は一〇〇メートル頭上に人影を捉えた。逃がすまいと急行するも、逃げるつもりはなかったのか人影は颯馬を待ち受けていた。

そうして颯馬はついにこの騒動の首謀者と――年端もいかぬ女の子と対面した。少女は見たことのない獣に跨がり、うつろな瞳でまっすぐに颯馬を見つめてきている。

見たところ、女の子に魔族らしい特徴は見当たらなかった。となると彼女は人間だろう。魔法を使う人間など颯馬くらいしか前例がない。

どうやって魔力を手に入れたのかは知らないが、彼女も颯馬と同じように複数の魔法を使う可能性がある。か弱い女の子の姿をしているからといって油断は禁物だ。

「この惨劇は――すべてきみの仕業だね？」

魔王と対峙しているというのに表情一つ変えない女の子に不気味さを感じつつ、颯馬は威圧的に問いかける。

「肯定します。我が名はキャロル――魔族の死を願う者です」

誤魔化せないと悟ったか、誤魔化す必要がなかったのか――。女の子はすんなりと罪を認めるも、そこに罪悪感はうかがえない。

キャロルは唇を歪ませ、颯馬に冷笑を向けてきた。

「これより紅竜がミイラ族を虐殺します。同時に、このグリフォンがミュンデたちを噛み殺します。この子はひとを襲うなと調教されていますが――私はひとを殺せと教育されてきましたからね。――さあ、あなたはどちらを助けますか?」

キャロルはハイドラとグリフォンを操り、ミイラたちとミュンデたちを同時に殺そうと企んでいるようだ。

まさに究極の二択。

だが、颯馬はどちらかを一方を見捨てるつもりなどない。

「どっちも助けるさ！　ミュンデさんたちとそう約束したからね！　すべてが終わったら、きみが何者か、誰の差し金か――洗いざらい白状してもらうよ！」

「――できるものなら」

キャロルは不気味に笑い、グリフォンから飛び降りた。

「なっ⁉」

その行動に颯馬は驚愕せざるを得なかった。

彼女は死ぬことで秘密を守り抜こうとしているのだ。

実際、あらゆる魔法を使いこなす颯馬だが、死者を生き返らせる魔法など使えないし、物言わぬ死者から秘密を聞き出す魔法も使えない。

「このまま死なせはしないよ！」

キャロルは『ひとを殺せと教育されてきた』と口にした。

それはおそらく教育という名の洗脳だろう。

でなければ躊躇なく身投げするなどできるわけがない。

彼女の素性は知らないが、教育者がまともではないことは確実だ。

そんな人物を野放しにはできない。

なんとしてでも捕まえなければ。

空中で身を翻した颯馬はキャロルを追いかけ、その手を掴んで抱き寄せた。

「な、なぜ私を助け……」

まさか自分が助けられるとは思わなかったのだろう、キャロルはうろたえていた。

もちろん、颯馬はミュンデたちを見捨てるつもりはない。

「知ってるかい？　とある魔法を生み出した初代魔王は、歴代魔王のなかで最も魔族から怖れられていたんだ。——なぜだと思う？」

「知ったことではありません！」

「だろうね。だけど——きみは嫌でも理解することになる。魔王の理不尽なまでの力を。魔王がいかに怖ろしい力を秘めているかを！」

颯馬はキャロルを強く抱きしめた。

瞬間、キャロルの身体が青白い光を放つ。

揺らめく光の奔流が、颯馬の口内へ吸いこまれていく。

傍目には、颯馬がキャロルの生命力を取りこんでいるように見えるだろう。

実際、颯馬はそれに近いことをしていた。

「な——っ!?」

異変に気づいたのか、キャロルの顔が真っ青になる。

「私の憑依が解除されていく!?　魔王、いったい私になにをした！」

眼前にて凄まれた颯馬は、薄笑いを浮かべる。

「初代魔王の生み出した封印魔法——。それを使って、きみの魔力を食べたんだ」

初代魔王は魔王領を平定するにあたって、自身に刃向かう魔族から魔力を奪い、魔法を使えなくした。魔族は力の喪失を怖れ、初代魔王に永遠の忠誠を誓ったのである。

「そ、そんな戯れ言、誰が信じますか！」

キャロルは視線を動かして新たな憑依対象を見つける。

そして絶望的な顔をした。

「ひょ、憑依できない⁉　ま、まさか本当に私の魔力を食べたというのですか⁉」

「そのとおりだよ」

キャロルの素性は依然として不明だ。

だが、魔法を使うということは魔力を宿しているということ。

封印魔法を使えば無力化させることなど造作もない。

「封印魔法を使った以上、きみは二度と魔法を使えないよ」

「そ、そんな……」

魔法に自信があればあるほど、力を失ったときのショックは計り知れない。

憑依魔法を禁じられたキャロルは怨嗟と悲哀の織り混ざった声をもらし……颯馬の胸のなかで気を失ったのだった。

　ぐったりしているキャロルを落としてしまわぬようにしっかり抱きしめたまま、颯馬は状況確認をする。颯馬の眼下ではハイドラがほうけたように首をきょろきょろさせており、さらにその下方ではミイラたちが地面にうずくまっている。

「颯馬殿～！」

と、ミュンデたちが颯馬のもとへ下りてきた。

「三人とも怪我はない？」

「我らは無傷だ。あの獣に噛みつかれそうになったが、急におとなしくなったのでな」

元々穏やかな性格なのだろう。ミュンデ一行に襲いかかろうとしていたグリフォンは、いまは空中に待機している。

「あの獣も、憑依魔法で操られてたんだろ？」

「うん。ハイドラも、ミイラ族も、あの獣も、みんなこの娘に操られてたんだよ」

三人の視線がキャロルに集まる。

「まだ子どもじゃねえか。……殺しちまったのか？」

「ううん。封印魔法で魔力を奪っただけだよ。いまは魔力を失ったショックで気絶してるけど、そのうち目を覚ますよ。その……危ない目に遭わせてごめんね」

颯馬が謝ると、ミュンデたちは首を横に振った。

「颯馬殿が謝ることではない。むしろ我々は颯馬殿に感謝しているのだ」

「颯馬さんが助けてくださらなかったら、いまごろわたくしたちは殺されていましたわ」

「だな。颯馬はあたしらの命の恩人だ。ほんと、ありがとな」

にこやかに礼を告げられ、颯馬は表情を緩める。

「そう言ってもらえると気が楽になるよ」

「最初から気に病む必要はないのだがな。して、その娘はどうするのだ？」

「この娘には訊かなきゃいけないことがあるからね。目を覚ましたら質問させてもらうよ。でもその前に、まずはミイラたちに治癒魔法をかけないといけないかな。あとラピさんの家を修理して……ミュンデさんたちを次の目的地につれていって……」

とにかく多忙な一日になりそうだ。

今日は酔っ払いの相手に襲撃者の撃退と動きっぱなしの一日だったし、できることなら眠りたいのだが、そんな暇はない。

「ちょっとくらい休めばいいのに。ほんと働き者だな、颯馬は」

「我らに手伝えることがあったら、遠慮なく言ってくれ」

「わたくしたちは颯馬さんの力になりたいですわ」

魔王と敵対関係にあるはずの聖十三騎士団が、颯馬の手伝いをしたいと申し出てくれた。

アクシデントはあったものの、ミュンデたちにとって、今回の旅行は意味のあるものになったようだ。

――楽しいものになったようだ。

それがわかっただけで、疲れなど吹き飛んでしまうのだった。

《　終幕　女騎士の誓い　》

魔王城――。

それは魔王領各地から集められた孤児を保護し育成する、世界最大の児童養護施設だ。

小高い山々に囲まれた魔王城は多くの自然に恵まれている――幼い頃から美しい花々や動物たちと触れあうことで子どもたちは平和を愛する心を育み、思いやりのある大人へと成長するのだ。

「魔王城は軍事施設だと本に書いてありましたが、それは誤解だったのですね」

「本当は、平和のための教育施設だったのだな」

「ったく。つくづく颯馬が暮らすに相応しい根城だぜ」

ミイラ村からハイドラに乗ること二時間と少々――。魔王の居城こと魔王城に到着したミュンデ一行は、颯馬から魔王城の案内を受けていた。

ひとしきり城内を散策したミュンデ一行は中庭のベンチに腰かけ、西日の残照のなか、子どもたちの遊ぶ姿を眺めているところであった。

「ハイドラちゃんには、あとでちゃんとお礼が言いたいですわね」

ミュンデたちを魔王城に送り届けたハイドラは、さすがに疲れてしまったのか、いまは城内で眠りについている。

平和な光景をほほ笑ましそうに眺めていたミュンデは、そんなティエラの一言に神妙な面持ちをした。

「眠っているといえば、あの娘……キャロルはどうするのだ？」

ミュンデは険しい顔で颯馬に問いかける。

魔族を操ってミュンデ一行を殺そうとした犯人――キャロルは、魔王城の一室で眠りについている。

とはいえ、颯馬との戦いから眠り続けているわけではない。

キャロルはミュンデたちがミイラ村を発った直後に目を覚ましていた。ミュンデたちに囲まれていることに気づき咄嗟にハイドラから飛び降りようとしたが、颯馬に催眠魔法をかけられたのだ。

催眠魔法は対象を言いなりにさせる魔法らしく、颯馬はキャロルをおとなしくさせると、ミュンデ一行襲撃事件の全容を明かすように命じたのだった。

「キャロルさんには、魔王城にいてもらうよ。人間領に帰しちゃうと、また悪事を働くだろうからね」

あるいは任務失敗の責任を取らされ、救世教会に粛清されるかもしれない。

「本当に、救世教会はわたくしたちを殺すつもりだったのでしょうか？　ひょっとすると、あれはキャロルちゃんの独断だったのでは……？」

「信じたくねー気持ちはわかるぜ。パパとママを失ったあたしにとって救世教会は育ての親だからな。あたしだって、救世教会を信じてーよ。けど……キャロルの話が事実なら、あたしのパパとママが殺されたことにも説明がついちまうんだよ」

フレイヤは暗い表情で語る。無理もない。異端審問官たるキャロルの口からは、かつて異端として粛清された者のなかにフレイヤの両親も含まれている、と語られたのだから。

そして両親が粛清された理由は――フレイヤにあったのだ。

教会には聖力の量を測定する装置が置いてある。幼い頃に測定器に触れたフレイヤは、聖十三騎士団入り間違いなしと目されるほどの数値を叩きだしたのだ。

「救世教会は、あたしの聖力量に目をつけて、騎士団に入れようとした。だけど、パパとママはそれを拒んだんだ。だからパパとママは殺されて……あたしだけが生かされたんだ。そのうえ、団長を、ティエラを殺そうとした！　あたしから、大事なもんを根こそぎ奪い取ろうとしやがったんだ！　それだけじゃねえ！　威光なんてくだらねーもんのために、戦争を起こそうとしてやがる！　こんな身勝手許されるわけがねえッ！」

どんっと拳を膝に打ちつけ、フレイヤは憎々しげに叫んだ。

「すまぬ……本当に、すまぬ……。私の父が、フレイヤの両親を殺せと命じた張本人かもしれぬのだ……」

「だっ、団長が謝ることじゃねーだろっ！　こいつはすべて救世教会が仕組んだことだ。団長は……聖十三騎士団は……女騎士は、全員騙されてたんだよ！」

「……そう言ってもらえると、気が楽になる」

「ふん。親は親、団長は団長じゃねーか。最初から気に病むことじゃねーんだよ。ったく、もう辛気くせー話はやめようぜ。そんなことよりこれからのことだ、これからのこと！」

ミュンデを気遣ってくれているのか、フレイヤは明るい声を上げ、話題を変えた。

「あたしたちは真実を知っちまったんだ。人間領に戻れば、異端審問官に襲われるかもしれねえ。白昼堂々と襲ってくるなら返り討ちにしてやれるが、暗殺めいた手口じゃ対処のしようがねーぜ」

ミュンデたちの粛清を、救世教会は魔族の仕業として広めるのだ。そうなれば、人類と魔族の共存はますます遠のいてしまう。

「ミュンデさんたちさえよければ、いつまでも魔王領にいてくれていいんだよ」

「ですが……お邪魔になりませんか？」

「邪魔だなんてとんでもないよっ！　ミュンデさんたちには、もっともっと魔王領を見てほしいと思ってたんだ。だから遠慮しなくていいんだよ」

「ありがとな、颯馬。本当に助かるぜ」

「お礼なんていらないよ。救世教会の企みは人類だけの問題じゃないからね。魔王として、なんとしてでも阻止しなくちゃならないことなんだ。そのためには、聖十三騎士団の――ミュンデさんたちの存在が必要不可欠なんだ。だからミュンデさんたちを守るのは当然のことなんだよ」

「それでも、颯馬殿には頭が上がらぬ。それにいつまでも颯馬殿に甘えるわけにはいかぬ。我らは聖十三騎士団だ。救世教会に与えられた称号なんぞ捨ててしまいたいが――我らを慕ってくれている民衆を見捨てるわけにはいかぬ」

聖十三騎士団は、人々の平和を守る組織なのだから。

だから、いつまでも平和な魔王城でぬくぬくと暮らしているわけにはいかないのだ。

「我らは、なんとしてでも救世教会の悪事を挫かねばならぬ」

救世教会が人類の――否、世界の平和を害するつもりならば、聖十三騎士団団長であるミュンデはそれを阻止しなければならない。

そして、そのためには――

「ほかの団員たちに、魔王領の魅力を知ってもらわねばならぬ」

団員ひとりひとりの言葉では、世迷い言に聞こえるかもしれないが――聖十三騎士団が一致団結して魔王領の魅力を説けば、人々は魔王領への認識をあらためてくれるはずだ。

「颯馬殿。救世教会の悪事を挫くため、ほかの団員にも魔王領を案内してやってはくれぬだろうか？　きっと颯馬殿に無礼を働くだろうが……根は素直な連中だ。我らと同じく、旅行を通して魔王領を――魔族を好きになるはずなのだ」

真剣な眼差しで頼むミュンデに、颯馬はにこりと笑いかけた。

「もちろん歓迎するよ」

「感謝する！　……問題は、どうやってみんなをつれてくるかだが」

ミュンデ一行は救世教会の命令を受けて魔王領を訪れた。そしてそれは戦争の引き金を引かせるためだ。ミュンデたちが任務を果たせなかったいま、新たな団員を魔王領へ派遣しようとは思わないだろう。

派遣してしまえば、ミュンデ一行の二の舞になるかもしれないのだから。

「あたしたちは、救世教会にとって、信者を集めるための道具に過ぎなかったんだ。これ以上道具を失うのは、救世教会にとって痛手になる。だから、ほかの連中が魔王領に来ることはねーと思うぜ」

「だいじょうぶ。ぼくにいい考えがあるからね」

「いい考え？　どうすればよいのだ？」

「簡単だよ。ミュンデさんが、聖十三騎士団のみんなに真実を伝えればいいんだ」

「真実を？」

「うん。『救世教会は魔族との戦争を望んでいる。救世教会の企みを阻止するため、私と魔王領を旅してほしい』ってね。手紙でもいいけど、それだと救世教会に見つかる怖れがあるからね。魔法を使ってボイスメッセージ――ミュンデさんの肉声を直接届けたほうがいいと思うよ」

「だ、だが、そんな話を信じるだろうか？」

「ミュンデさんの言葉を信じる団員。魔族に操られて心にもない発言をしてると思う団員。その二つに分かれるだろうね」

だけど、と颯馬は続ける。

「どっちにしろ、ミュンデさんの言葉が真実かどうかをたしかめるために、旅行の誘いに応じるはずだよ」

「なぜ確信が持てるのだ？　私の言葉を信じてくれた団員が魔王領を訪れる、というのは

わかるが……私の言葉を信じなかった団員が、魔王領を訪れるとは思えぬぞ？」

　ミュンデが不安げに問いかけると、颯馬は優しく語りかけてくる。

「ミュンデさんの言葉を虚言だと判断した団員は、『団長は魔族に捕まり、操られてる』って考えるはずだよ。聖十三騎士団は人類を魔族から守る組織なわけで、団長とはいえ、ミュンデさんも保護対象に含まれる――つまり虚言だと判断した団員は、ミュンデさんを救うために旅行の誘いに応じるんだ」

「だ、だが……そうだとしても、救世教会が旅行を許可するとは思えぬぞ」

「だいじょうぶだよ。聖十三騎士団は救世教会の許可を取らないからね。だってミュンデさんの言葉が真実だったら、救世教会は悪事の発覚を怖れて団員を粛清しちゃうでしょ。その可能性がある以上、救世教会の許可を取ろうにも取れないんだよ」

「つまり颯馬殿は、救世教会に悟られることなく、密かに聖十三騎士団の意識改革を図るつもりなのだな？　そして、意識改革をすませた団員は魔王城にかくまう、と」

「うん。だけど全員まとめて旅行につれていくのは難しいかな。聖十三騎士団が一斉にいなくなれば救世教会にこっちの動きを悟られかねないし、人類はパニックになるかもしれないからね。だから……そうだね、新規参加者はふたりがベストかな。まずは一斉に救世教会の企みを告げて、それから個別に旅行に誘うんだ」

「なるほど。して、まずは誰をつれていくのだ？」

ミュンデ一行の素性を知っていた颯馬なら、残りの団員のプロフィールも把握しているはずだ。

「それはミュンデさんたちに任せるよ。さすがにミュンデさんたちのほうが団員の性格や趣味に詳しいだろうからね。ふたりを選んでくれたら、その娘たちが楽しんでくれそうな旅行企画を立てるよ」

「心得た」

「うん。お願いね」

と、そうして話がまとまったところで颯馬は腰を浮かし、のびをした。

「さて……と。旅行の誘いはまたあとでってことで、まずはご飯を食べよっか。そろそろ夕飯時だからね。今夜はぼくの大好物をご馳走するよ」

颯馬がそう言った途端、ミュンデ一行は目を輝かせた。

「おおっ、それは楽しみだ！」

「颯馬の大好物か。考えただけで腹が鳴るぜっ」

「ハイドラちゃんも起こしてあげないと、あとで拗ねちゃいそうですわね」

夕日に照らされた魔王城――。

おなかを空かせた女騎士の三人は、魔王と親しげに談笑しながら城内へと歩いていったのだった。

◆

聖十三騎士団第十席につく女騎士は、毛布にくるまり、ため息をついていた。

「えぇ……旅行するの？　魔王領を？　なんで……」

脳内にミュンデの声が響いている。抗議の声を上げるが、こちらの声は届かないようだ。

つまり、彼女に拒否権はないらしい。

「やだなぁ。家から出たくないんだけどなぁ……。買い物にいくのもだるいのに、魔王領とか嫌すぎるなぁ……。綺麗な景色とか言われても、そんなものに興味ないしなぁ……」

ミュンデは救世教会の悪事について語っていたが、そんなものはどうでもよかった。

戦争は避けたいが、そのときはそのときだ。

その瞬間が訪れるまで、とにかくだらだらしていたい。

「あぁ、だけどなぁ……。聖十三騎士団に任命されちゃったからなぁ……。お給金だって、いっぱいもらってるし……。引きこもっていたいけど、助けに行くしかないんだろうなぁ。

ああでも、団長操られちゃってるしなぁ……。行けばわたしも操られちゃうんだろうなぁ。でもそれって、ずっと寝ていられるってことなのかなぁ……？　まあ、どーでもいいけど……。どうせわたしに拒否権なんてないんだし、考えるだけ無駄だよね……」

めんどくさそうにため息をついたところでミュンデの声が聞こえなくなり、彼女は再び眠りについたのであった。

◆

聖十三騎士団第三席につく女騎士は、自宅で歓声を上げていた。

「きたあああああ！　これよ、これこれ！　私が騎士になったのは退屈な訓練をするためなんかじゃないわ！　血沸き肉躍る大冒険に憧れたからなのよ！　そう、私はこの瞬間のために生まれてきたのよっ！」

興奮気味に叫び、ベッドの上で跳びはねる。バキッとなにかが折れるような音が響くが、そんなものはどうでもよかった。

「まったくもう！　まったくもうっ！　真っ先に私を誘うなんて、さっすが団長ねっ！　見る目あるじゃない！　行くわ！　もちろん行くわ！　行くに決まっているじゃない！」

　脳内にミュンデの声が響いている。参加を表明するが、ミュンデからの反応はなかった。

　つまり、彼女の参加は確定しているということだ。

「いままで味方だと思っていた組織が実は敵だった！　いいわ！　燃える展開じゃない！

悪事を挫くために旅行に参加すればいいのね？　意味わかんないけど賛成よ！　大賛成！

反対するわけないじゃない！」

　真夜中の嬉しい報せに、眠気は完全に消えてしまった。

　彼女は興奮冷めやらぬなか、まだ目的地も決まっていないというのに荷造りを開始したのであった。

《　あとがき　》

今作から読み始めた方ははじめまして。

同日発売の『アイテムチートな奴隷ハーレム建国記3』とともにご購入くださった方はおひさしぶりです＆いつもありがとうございます。

猫又ぬこです。

月日の流れは早いもので、デビュー作を出させていただいてから丸二年が経ちました。作家生活三年目に突入です。

無事に三年目を迎えることができ、さらに新シリーズを始めることができたのも、買い支えてくださっている読者の皆様のおかげです。

本当にありがとうございます！

長く作家で居続けられるよう頑張りますので、これからも応援していただけますと幸いです！

さて。

本作は『旅もの』となっております。

前々から旅ものを書きたいと思っていたので、こうして出版までこぎつけることができ、たいへん嬉しく思っております！

あとがきから読む方もいらっしゃると思いますので、ネタバレにならないように本作の内容を説明しますと、魔王様がツアーコンダクターとして女騎士ご一行と魔王領を旅する物語となっております。

皆様も旅行をした経験はあると思います。

旅行をするにあたってネットやガイドブックなどで下調べをする方が多いと思いますが、どれだけ調べても実際に行く前と行ったあとでは大なり小なりギャップを感じるものだと思います。

そのギャップを大袈裟に書いたものが本作になります。

女騎士ご一行の思い描いていた魔王領と実際の魔王領とのギャップを少しでもお楽しみいただけましたら幸いです！

それでは最後になりましたが、謝辞のほうへ移らせていただきます。

本作は様々な方のご尽力によって作られております。

担当さんをはじめとするＨＪ文庫編集部の皆様。度重なる修正にお付き合いいただき、まことにありがとうございます。面白い物語を生み出せるよう頑張りますので、今後ともよろしくお願いいたします！

お忙しいなか仕事を引き受けてくださったイラストレーターのＵ３５様。爽やかな絵を描いてくださり、まことにありがとうございます！

どのキャラクターもたいへん魅力的なのですが、個人的にはハイドラとフレイヤが特に気に入ってます！

校正様やデザイナー様、その他本作に関わってくださった大勢の関係者の方々。いつもありがとうございます！

誘えば遊びや旅行に付き合ってくれる友人のＦ君もありがとう！　おかげさまで最高の息抜きになっています。

ツイッターで絡んでくれるみんなもありがとう！

そしてなにより本作をご購入くださった読者の皆様に最上級の感謝を。皆様に少しでもお楽しみいただけたなら、これ以上の幸せはありません。

それでは、次巻でお会いできることを祈りつつ。

二〇一六年ちょっと肌寒い日　猫又ぬこ

HJ文庫 http://www.hobbyjapan.co.jp/hjbunko/
671

魔王さまと行く！ ワンランク上の異世界ツアー!!

2016年11月1日　初版発行

著者――猫又ぬこ

発行者―松下大介
発行所―株式会社ホビージャパン

〒151-0053
東京都渋谷区代々木2-15-8
電話　03(5304)7604（編集）
　　　03(5304)9112（営業）

印刷所――大日本印刷株式会社

装丁――木村デザイン・ラボ／株式会社エストール

ISBN978-4-7986-1287-4　C0193

ファンレター、作品のご感想
お待ちしております

〒151－0053　東京都渋谷区代々木2－15－8
(株)ホビージャパン HJ文庫編集部 気付
猫又ぬこ 先生／U35 先生

チート剣士の海中ダンジョン攻略記
水着娘とハーレム巨船

著者／猫又ぬこ
イラスト／パセリ

**水着美少女たちを率いて挑む
海中の巨大迷宮!!**

人智を超えた力を持つ「海帝潜装」を着用し、巨大海中迷宮を攻略できる唯一の存在「蒼海潜姫」。高校生の須賀海人は女性しかなれない「蒼海潜姫」の適性を見出され、水着美少女ばかりが乗った巨大船で海中迷宮に向かうが、誤解から潜姫きっての実力者・伊古奈姫乃と闘うことに──。